文芸社セレクション

背信の結末

泉 志郎

目次

一、隆司《りゅうじ》の日課

薄ら寒い十二月の中旬、東の空がどうやら白みがかってきた六時過ぎ、大和川沿いの中島《なかじま》家の二階では、隆司は未だ電気毛布を敷いた布団にくるまって、うつらうつらと夜明けの夢を貪っていた。丁度その時、兄の昌広《まさひろ》が階下より大声で怒鳴った。

「隆司起きとるか、もう朝だ」

その声に二階では未だなんの反応も示さないので、更に二度三度と昌広が呼びかけると、やっと隆司は布団から飛び起きて目を擦りながら階下の洗面所に急ぐのであった。建築業者の朝は早い。この中島家は、長兄昌広・次兄陽一《よういち》と末の隆司の外に、五人程の従業員を抱えて土木建築業を営む小さな株式会社なのである。長兄の昌広がこの中島建設の社長で、業界二流手の太幸《たいこう》建設株式会社の下請けとして比較的親会社の信頼も厚い。そこでどうしても年末までには引き受けた工事を完了させて、親会社に引き渡さなければならない建て売りの戸建て住宅の外構工事と、同時にもう一軒、注文建築の補正工事が残っている。兎に角親会社からなんのクレームも付けられることなくそれらの引き渡しを終えて、工事代金を受け取り、気持ちのよい正月を迎えるためにも、ここ暫くは時間に追われる多忙な日々を送らなければならないのだ。隆司も工業学校を出てから既に六年あまり兄の下で働いているので、このような時の兄の気持ちは痛いほど分かっているだけに、急いで朝食を掻き込むと、既に朝食を終えた昌広は、それを待ち兼ねていたように早口で、

「今日は陽一の方には、建て売りの方を頼んでいるので、お前は注文建築の方に回ってくれ。お前も知っているように、注文者にはお年寄りの両親が居られるので、最初安全のため下で住む手筈になっていたが、途中から二階の方が落ち着くとのことで工事変更があり、年寄りに便利なように、上がり框《かまち》の玄関先から直ぐに二階に上がる階段を付けたのだが、特にその階段幅を一尺二寸ほど広げたのや。これは何れ足腰が弱った場合には、手摺りを取り払い、室内昇降機に付け替えることを考えてのことや。だから手摺りと階段の滑り止めに十分注意して取り付けておいてくれ。材料はもう現場に入っている筈や。尚現場へ行く途中、田北《たきた》と中山《なかやま》を車で拾って行ってもらいたいんや。俺の方からは二人には昨日連絡してあるんで、二人は自宅で待機してる筈や。太陽光発電を取り付ける関係で、二人には鼻隠（軒先隠）の補正をしなきゃならんと伝えてある。家というのは、実用性に優れていると同時に一つの芸術作品だ。だから単に設計図通りにやればそれで良いというものではないんや。設計図で具合が悪けりゃ我々は現場でそれを補う心構えが必要なんや。勿論設計者と相談してのことやが。

兎に角現場のことは我々が一番よく知ってるんやから。その上で親会社の現場責任者からやり直しが出んように注意することや。これが出ると今ではもう日がないから大変や。俺の方は来年度の仕事の連絡事項を受け取ったら直ぐ現場の方に行くから頼んだぞ」

朝っぱらから、実に長い兄からの注意と連絡を受けた隆司は、心の中でうんざりしながら、

「うん分かったよ。作業の方は出来るだけ注意するから」

と口では言ったものの、若い隆司にとっては、仕事に追われ続ける毎日のこんな生活に、全く楽しみもなく、惰性のような日々を送っているのであった。だが、自分らのこのような小規模集団の作業というものは、誰か一人が勝手な行動をとれば、それが仕事の成果に致命的なダメージを与えることを十分承知しているだけに、兄に言われるまでもなく、自分の仕事だけは忠実にやっていく外はなかったのである。苦労性の長兄昌広は、午後一時過ぎにはきちっと現場にやって来て、仕事の捗り具合を見て回った。注文者からは、特に子供部屋の屋根には、健康上天窓をつけるようにとの依頼があったが、この天窓というのは、壁面窓より実に三倍程度の日光効果があるとかで、子供のある家では、最近よく注文があるのだが、雨漏りとの関係で、余程注意する必要があり、先日の大雨で、雨仕舞に問題がないかを見て回ってから隆司の側に

やってきて、この鼻隠も言わば家屋の顔の一部のようなもんやと言いながら、手早く手伝うのである。隆司は流石に手際のよい兄の手作業に、同じ二級建築士兼大工として見惚れながら、少しでも真似ようとするのであった。

このような多忙な日が二週間ほど続いた二十七日の夕刻には、ほぼ日程通り総ての工事を完了させた。これもここ数年間は毎年のことながら、競争の激しいこの業界の下請け業者として、中島建設では昌広と陽一の兄弟は、世話になっている親会社太幸建設の現場責任者を始め、目をかけてくれている幹部に、翌年のこともあり、欠かさず年末の挨拶回りをすることになっているのである。それが終わると、その日の夕刻から中島建設の従業員五人を含めた八人が、社長の妻良子《よしこ》の手料理とすき焼鍋を囲んで、過ぎた一年のお互いの無事を祝い、更に来年のより強い結束の下に仕事をすることを誓って、夜遅くまで祝杯を挙げるのが恒例となっているのである。その翌日からは、几帳面な兄昌広の性格で新年を迎えるために、決まったように社屋兼住居の大掃除はいうに及ばず、常日頃仕事に欠かすことの出来ない、ユンボやトラック等の手入れを兄弟三人ですることになっている。都合のよいことにそれは会社の倉庫前の幅四間程の行き止まり道路上で行われ、丹念に水洗いをした上で雑巾がけまでして倉庫に入れ、更に小道具の電気鋸やドリル類に至るまで錆を落として油磨きをした上で棚に収めるという徹底ぶりで、それが終わって初めて中島家では正月休みに入ることになるのである。このようにすることにより、無言の従業員教育になるというのが長兄昌広の考えである。またこれも毎年のことながら、義理堅い昌広は、常日頃は多忙のため滅多に行く暇がないので、正月二日より三人の子供を連れて、妻の実家のある奈良に四日まで滞在することになっており、また二番目の兄陽一は、結婚して長兄昌広とは別居してマンション住まいをしている関係上、二日から四日までは隆司にとって、一年中で唯一誰にも邪魔されない真の自由がやってくる。

ところが最近はこの自由が隆司にとって極めて煩わしいものとなってきたのである。というのは、学校時代の友人等は社会に出てからは別々の世界に歩み出したので、特に友人等と遊びに行く計画もなく、ただぼんやりとテレビの画像を追い続ける隆司にとっては、何時までこんな生活が続くのか、これでは昌兄いが引いたレールの上を、ただ言われるが侭に、やたら走って行くだけのような気がしてきて、時には（俺にも自分で考え、自分で行動する自由が欲しいのだ）と心の中で叫び、こんな状態から、一体何時になったら俺は自由な生活が持てるようになるんかと悩むのであった。だが隆司にとって、未だ独り立ちして仕事の切り盛り出来る力もないことは自覚しており、暇をもてあますと、悩みだけはこのように募るのであった。だがその反面、俺が今昌兄いから独立してこの建設業を営むとしても、果たして仕事の注文が取れるのか、またそれが取れたとしてもとても六年ぐらいの現場経験で、仕事内容も正直なところ昌兄いに較べりゃ明らかに劣るし、経験のある大工を使うにしても、逆に食われてしまうだろう。こんなことを考えると、やっぱり未だ当分の間は、窮屈でも兄いの下で働く以外にしゃあないのだろうかと、自問自答の上諦めて大きく天井に息を吐きながら、それにしても下の陽一兄いの方は俺のようなことを考えずにいるのだろうか。陽一兄いは俺とは違って、夜間の工業大学まで出た一級建築士であり、しかも宅建取引主任の資格まで持っているのにと考えながら、何をすることもなく、正月二日は寝正月で過ぎてしまった。常日頃は、人の出入りの激しいこの家の中が、がらんとした空気に包まれ、三日目の朝を迎えた。義姉の拵えたお節《せち》料理に、あまり好きでもない御神酒を飲んで、全く無人の中で、ただ一人朝食とも昼食とも区別のつかない食事をしながら、変わり映えのしないテレビにも飽きて、何か面白い話でもと、友人の家を訪ねてみると留守であったり、又別の友人を訪ねると、親戚の者が来ているとかで、入り口での立ち話をして別れ、やむなく、正月の四日は明日からの初仕事の無事でも祈ろうかと、久しぶりに南海高野線我孫子前駅から電車に乗って、二駅目の住吉東駅で降り、西へブラブラと歩いて住吉大社に来てみると、自然と多くの参詣者と歩調を合わすようになった。この人達は一体何を目的で参詣に来るのかと考え、俺と同じく腹減らしのついで詣でかと思いながら、人の雑踏に揉まれて、兎に角社殿に額ずいて、賽銭を投げ入れ、人並みに手を合わせて、新年の無事を祈りながら、これでどうやら退屈な正月も終わって、明後日からまた仕事やなと思うと、ただ生きるために働いている今の自分の人生が、あの懐かしい高校時代、別にはっきりした目的もないのに、結構楽しかった時と較べて、俺も年齢《とし》を取ったのかなあと、やたら寂しいものに思えてくるのであった。

喧しく騒がれた正月も、瞬く間に四日間が過ぎて、隆司は相変わらず長兄昌広の敷いたレールの上を追い立てられるような毎日を過ごしていたが、或る日昌兄いの言いつけで親会社太幸建設に行くことになった。業界二流手の建設会社とはいえ、流石に都会のど真ん中に堂々たるビルを構えているので、昌兄いに一、二度連れてこられているものの、一人で来てみるとどうにも勝手が分からず、守衛室の前を通る際に所用の記帳をした折、目的事務所の位置を聞いておくんだったと後悔するのだった。その事務所は同一敷地内の本社ビルに隣接して建てられた現場統括事務所といわれるもので、そこでは子会社等に対する仕事の配分や、その日の手配を指示されることになっていた。これによって親会社としては、どの子会社が今どのような作業中であるかを常に掌握しており、子会社といえども、常に親会社の一環として行動しているような体制になっているのである。その事務所は、本社ビルでありながら、別棟になっているから、勝手の分かっている者なら兎も角、隆司が迷うのは無理もない。社屋内に入ってしまうと、別に受付もないので隆司がキョロキョロしていると、一人の事務員が通りかかったので、隆司は思いきって訊ねてみることにした。

「済みません。現場統括事務所は何処でしょうか」

するとその若い女性は、一寸小首をかしげながら、ニコッと微笑み、

「ああ現統の部屋でしたら、この廊下の突き当たりを右に行くと出口があり、其処を出ると、隣接している事務所の入り口があります。その建物が現統です」

と教えられ、

「あ、そうですか有難う御座います」

と礼を述べて、急いでその入り口まで来ると、もう廊下に他会社の下請けの連中が四、五人来ていて、既に本社の現統責任者から指示を受けたのだろうか、それらの連中が帰ろうとしているのに出くわした。隆司も急いで目的の担当者から指示を受けてその部屋から出てくると、先ほどまでの緊張が解けたのか、あの廊下で尋ねた女性の顔がふと思い出され、可愛い女の子だったが、所詮俺には高嶺の花かと思いながら、今の自分に相応しい殺風景な現場に引き返してくると、兄に対して事務的な連絡事項を伝え、さっさと家の基礎工事である鉄筋の型枠を組み始めるのであった。だが何時になく、隆司の脳裡からは本社廊下で尋ねたあの女性の面影が消え去らず、これは別に恋心というものじゃなく、男ばかりのこんな世界にいると、ほんの一寸した女の子との出会いが無性に心に残るものだと思いながら、自分でもその純情さに我ながら可

笑しくさえなってくるのだった。

数日後再び昌兄いから太宰建設への連絡を言いつかった隆司は、一度行くと重なるもんだなと思いながら、ひょっとして、またあの娘に会えるかも知れぬと、胸中に淡い期待感に波を打たせて太宰建設にやって来たのだった。勿論連絡場所については、今度は迷うこともないのだが、駐車場から直接目的事務所に行かずに態々本館の長い廊下を通り、連絡事項を終えると、直接社屋を出て駐車場に引き返さず、再びその廊下を通り抜けてみた。だが、着古した作業服姿の隆司を別に胡散臭そうに見詰める者もなく、幾人かの女性事務員が通り過ぎて行ったが、遂に彼女には会うことが出来なかった。隆司はやや気落ちした思いで社屋外に出ると、自分を寂しげに待っていた軽トラに乗り込んで、やっと諦めにも似た思いと共に妙な安心感の中に車を発車させるのであった。

その後二週間ほど経った或る日の朝、現場へ出かけしなに、ふと隆司は自ら切り出した。

「兄さん、今日は太宰へ行く連絡事項は何もないかいな」

と聞くと、昌広は不審な面持ちで、以前はあまり親会社なんかに行きたがらなかった隆司の方から出てきた言葉に、ひょいと隆司の顔を振り返って、

「そやなーないこともないんだが」

「じゃ俺でよかったら、もう勝手も分かったこっちゃし、行ってきてもいいよ」

　一寸考えた末昌広は、弟も親会社の連中に顔を売っとくのは、まんざら悪くもないことだと思いながら、

「そうか、じゃあこの封筒を現場責任者の川島《かわしま》さんに渡しに行ってくれるか、兎に角渡して、お願いしますと言っておいてくれればそれで分かることなんや。それは次の宅地造成の開発時期に関するもので、要するに過日打ち合わせたとび・土工の松村《まつむら》土木による作業開始時期と当方の段取りを詳しく書いたものなんや」

「返事は要らんのんやなあ」

「うん要らん、それについては川島課長と当方とで具体的な日取りや手順の打ち合わせをしなけりゃならんので、御都合のよい日時を御指定戴いたら伺いますと伝えておいてくれや」

「よっしゃ分かった。そのくらいのことやったら、どうせ改めて昌兄いが行かんならんことやし、態々忙しいのに今行かんでも、俺で十分やろう」

「そやな、お前もこれから課長によく知って貰っておく方が都合がよいから、行ってきてくれるか。然しそれにしても、今まで親会社に行くのん嫌がっていたお前が、進んで行くのん不思議なこっちゃなあ」

　と皮肉を込めて、昌広は薄ら笑いを浮かべながら、一通の封筒を渡すのであった。

それに対して隆司は、ばつが悪そうに笑いながら、それでも内心占めたと思い、素知らぬ顔で、今度こそあの女性に会うかもしれない、否相手の女性の方は、俺の存在等忘れてしまっているかもしれないがと思いながら、それでもいいんだ。兎に角俺としては、何故かもう一度陰ながらでもあの女性に会いたいんだと思って、隆司は胸を躍らせながら、太幸建設の入り口の守衛室前で、面会記帳をして中に入った。少し馴れた隆司は直接現場統括事務所に行かずに、態々ビルの正面入り口から社屋内に入って、ゆっくりと廊下を左にとって歩き出した。朝の仕事開始直後のことで、廊下には慌ただしく事務職員が書類を抱えて往き来しており、隆司なんかには目もくれないので安心して各事務所のプレートを見ながら歩き始めた。隆司はなんだか心地よい快感を憶えながらゆっくり歩いて廊下の外れまで来たが、遂に目指す女性に会うことが出来なかった。些か落胆気味に川島課長に例の封筒を渡し、昌兄いから言われた通りに伝達した後、一瞬そのまま社屋外に出て駐車場に行くべきか迷ったが、ひょっとして彼女に逢うかもしれないと思い、えーいもう一度廊下を引き返そうと決めて五、六歩き出した時、前方から書類を小脇に抱えた若い女性が、急ぎ足にやって来るのが見えたのである。その途端何故か隆司はどきっとしたのだ。廊下は少し暗いのでそれが彼女だとははっきり分からなかったが、どうも彼女に思えて胸を躍らせながら足早に近付くと、その女性は彼のそばを通り過ぎようとしてパッと目が合ったが、何事もなくそのまま通り過ぎようとした。ところがそれが以前この廊下で逢った青年だと初めて気付いたのか、びっくりしたような顔付きで振り返り微笑んだので、隆司も釣られて笑い返し、

「や！　この間は現統の部屋教えてもらって有難う御座いました」

と親しげに頭を下げて近づくと、

「ああ、あの時の方、今日もまた御連絡の件で」

「はいそうなんです。いや連絡と言うよりこちらは下請けで、親会社の御命令を頂戴しに来たんです」

と大袈裟に皮肉ると、その女性は、

「まあ！」

と言って白い歯を見せて笑うのであった。

「ところで貴女も忙しそうですね」

「ええ、私も新参者ですので」

「いや、同じ新参者でも僕は子会社の新参者ときているから、社長である兄貴にこき使われているのです」

と言いながら顔を顰めると、誰も通っていない廊下の真ん中で二人は声を上げて笑うのであった。

「御兄弟で会社やってらっしゃるんですか」

「はあ会社という程のものではありませんが、一応中島建設株式会社という名前になっておりますが、太宰建設とは同じ株式会社でも月とすっぽんですわ」

「まあ」

と言ってその女性は急ぎの用も忘れたかのように声を立てて笑うのであった。

全く気取らないその女性に、隆司は心の中で高嶺の花と思っていた親会社の女性事務員と、このように親しく対等に話が出来るのが無性に嬉しかった。あまり時間をとってはと、その日はこのような笑いと共に別れたのだが、その後も二度三度と会う機会があり、立ち話をするうちにその女性の名が東田理恵《ひがしだりえ》ということまでも知り、隆司にとっては、軈《やが》てその女性が忘れ得ぬ存在となるのであった。

二、車中の話

極月のある真夜中、理恵の父健太郎《けんたろう》が突然持病の喘息発作で苦しみ出し、何時も治療を受けている金剛大学医学部附属病院の災害部に、妻の和代《かずよ》が運転する車で運び込まれて点滴を受けるのであった。和代は心配そうに付き添っていたが、暫くしてどうやら呼吸も楽になってきたようなので小声で、

「貴男少しは楽になりましたか」

と声をかけると、それまで点滴の瓶底を見詰めていた健太郎は、にっこり笑って言うのであった。

「いやー今度ばかりは苦しいのでどうなることかと思ったが、これでどうやら呼吸が楽になったよ」

「そう、それはよかったわね。吃驚するわ、突然の発作で、何時もと違って今日は特に苦しそうだったから」

「気候の所為もあるんだろうが、特に今年は夏が過ぎると急に寒くなり、爽快な秋がなかったからね。俺も随分秋口から注意していたんだがなあ、どうも歳と共に段々酷

くなるような気がするなあ」

「でも貴男、幸いなことに、今のところこの点滴を打てば直ぐよくなるんだから」

「そうだな、不思議なくらいよく効いているね。打って貰って十分ほどすれば効果が出てくるのだが、これもあまり打つと癖になり、効果が薄れてくるだろうからな」

「そうね、でもそのうちに体質改善薬のオルベスコも効いてくるでしょうし、定年退職後貴男も時間的余裕も出来て、畑仕事で精を出す時間も長くなり貴男の精神力によって、喘息に対する抵抗力もきっと出てきますよ」

「そうあってくれれば嬉しいんだがね」

「ところでこの点滴なんという名のお薬なんでしょうか」

「うん、これはなKN補液といって、言わば一種の栄養剤のような薬液の中にネオフィリンとそしてソルメドロールというステロイド系の薬をミックスしたものとか聞いているんだが、あるいは俺の聞き違いかも知れんがね。というのは、旅行先で喘息発作があった場合難儀すると思って、主治医の大村《おおむら》先生に聞いたことがあるんだが、先生の話じゃその心配はご無用ですと言われたんだよ。というのはそんな場合にはこの病院の診察券を見せれば、当地で診察した医師が、この病院に問い合わせた上で処置してくれるという医師相互間のとり決めが出来ているようなんだ」

「そう、じゃ安心ですわね。携帯しているお薬だけじゃ効かない時があるものね」

健太郎は常日頃は年齢に似合わず健康体であるのだが、とはいっても持病の関係で、病院からもらう吸入薬のメプチンは何時も携帯しているのだ。彼は元中学校の校長で、定年退職後同じく教員をしていた妻と二人で、二反ばかりの野菜作りを健康対策のためにこなしているのである。ふと和代が点滴の瓶に目をやると、五百ccの薬液はあと数滴を残すのみとなっているので、慌てて近くにいる看護師に声をかけた。

「済みません看護婦さん、点滴終わりそうなんですが」

「はいはい」

と言って直ぐに健太郎のベッドにやって来て、薬液が全部体内に入ることを確認した上で、健太郎の腕を優しく押さえながら静脈から針を抜き取り、針穴に絆創膏を張りながら、

「揉まずに押さえておいて下さいね」

「はい分かりました。深夜だというのにどうも有難う御座いました」

「いいえお仕事ですから、先生の方には無事終わったことを報告しておきます。夜間会計は守衛室の隣の部屋になっておりますので、では気をつけてお帰り下さい」

と余計なことは一切言わずに、二人を送り出すのであった。

二人は看護師に送られて診察室を出ると、

「今の看護婦さん気持ちのよい方ね」

「そうだね。家の娘等もあのようにあって欲しいもんだね」

「ほんとにねー貴男未だしんどいのでしょ。もう少しこの椅子に座ってらっしゃったらどうなの」

と和代は廊下の長椅子を勧めるのだったが、

「いやもう大丈夫だ。もう午前一時頃やろ、君も寝る時間もないやろから早く帰ろう」

と言うので、会計を済ませ病院の夜間通用門を出ると、

「おお寒む、貴男大丈夫」

「うん大丈夫だ。然しえらい風やなあ」

「私、駐車場の車取ってきますから、此処にいらっしゃってね」

と言って、和代は吹き付ける北風の中へ駈けだした。冷たい初冬の風が周囲の木々を揺すっているのだ。健太郎は、ジャンパーの襟を立てて首をすくめながら待っていると、和代の運転する白のセダンがやって来た。

「貴男！　早う乗って、寒かったでしょ」

「うむ、寒い、師走の風は身に凍みるな」

と言いながら、健太郎が助手席に乗り込むと、和代は慣れた手付きで運転しながら言うのだった。

「ところでね貴男、こんな時に言うのはなんだけど、理恵はこの頃会社の帰りがちょ

くちょく遅いでしょ。どうやら恋人が出来たらしいんですよ」

「いや、そのことは俺も気付いていたんだがもう少し様子を見ようと思ってね」

「相手は、建設会社に勤めている人らしいんですけど」

「理恵と同じ会社の？」

「いえそうじゃないらしいんですけど」

「建設会社で何している人なんや」

「さあそこまで詳しいことは存じませんが、この間電話がかかってきた時の話では、確か建築士とかいうようなことをちらっと耳にしましたが」

「建築士か、先祖からの百姓家に建築士を養子に貰うわけにもいくまいが、尤も俺みたいに兼業でいくなら兎に角、養子にきてまでそんなことをする奴は今時おらんやろ。俺は理恵も喘息という持病を抱えているんで、のんびり夫婦で百姓でもしてくれる人でもあれば、と思っているんだが」

「でも理恵が好きや言うたらどうします」

「そうやなあー理恵が嫁に行くというなら、我が家は大した百姓でもないし、本家と違うから俺の代で終わっても別にかまわないが、だが嫁入りさせるといっても理恵の健康のこともあるしなあー」

「ええ、それはまあね。貴男のよいところが似たらいいのに、悪いところだけが遺伝してしまって」

「だがこの頃理恵はあまり喘息の発作もないようだが、メンデルの法則じゃないけど、俺の病気が遺伝してしまってかわいそうやと思うが、どうもこればっかりはのう」

「近頃は本人も発作を起こさないように、貴男も使ってらっしゃるオルベスコという体質改善のお薬を使ってますし、貴男同様ポケットには常にメプチンの吸入薬を入れているようですが、その関係でしょうか、ここのところ全く発作はないようですけど」

「俺の発作は、戦時中の学徒動員で空気の悪い軍需工場で旋盤やミーリングを使わされていた結果だよ。尤もアレルギー体質であったことは事実だが、現に俺の兄貴や妹等は同じくアレルギー体質であろうが、喘息なんて無関係だもんな。それにしても同じ俺の子でありながら理恵の二人の姉は何ともないしなー、まあ出来たら養子に来て貰う方があの子のために有難いんだが。兎に角相手がどんな人か見定めんことにはな」

「そうですね。婚家先で喘息発作でも起これば大変ですしね」

「そうだよ」

「でも養子に来て貰っても専業農家でいくなら、余程大規模な農業でない限りそれだけでは食っていけませんしね。退職後少しは耕作面積を増やしたとはいえしれていますしね、私達の場合は、兼業農家として貴男も私も教師しながらでしたから、経済的には比較的楽でしたけれど」

「うんそれはそうだね。だが秋の取り入れ時は喘息発作で随分君にも苦労かけたが、だがこれからの農業というものは、今までと違って輸入農産物の関係もあり、それに対抗するためには、今までと違い組織的な農産物工場というような方法で耕作しないと駄目だと思う。またそれとは別に人間の健康問題の関係もあり無農薬・無肥料というような特殊な耕作方法を考えブランドものを立ち上げることが必要だと思うがね」

「有機肥料だけにするなら兎に角肥料なしで出来るかしら」

「いや有機肥料そのものの中に化学物質が混在していると考えられるのでそんなことが言われるようになったのだろうが、所謂純自然肥料で作れという意味だろう」

「難しいものね百姓も。農産物工場や純粋有機肥料と、ところで貴男喘息の方はどうなの」

「うん理恵の話をしているうちにすっかり忘れていたわ。もう普通の健康状態になったよ。でも点滴の後だけに、一寸プルス（脈拍）が速いね」

「そらそうでしょう。どのくらい打ってると思いますか」

「さあー俺の勘では百二三十かな」

「帰って早く寝て下さい」

「うんそうするわ」

深夜の田舎道は行き交う車もなく、このような話をしているうちに、いつの間にか我が家の門前に着いたのである。

三、娘の恋人

　昨夜あれほど身に凍みるようにきつかった師走の風も、今日はからっと晴れて穏やかな小春日和を思わせるような気候である。朝食を終えた理恵は何か浮き浮きしたような嬉しそうな顔付きで、

「行ってきます」

　と弾むような声を炊事場にいた和代にかけると、いそいそと出勤していった。和代はふと柱時計に目をやると丁度七時半を示していた。その頃には昨夜あれほど喘息発作で苦しんで、夜中病院で点滴まで打ってもらった健太郎は、全くそれが嘘のように、自宅裏の畑で鍬を振るっているのであった。それが一昨年中学校の校長を定年退職した彼の唯一の楽しみであり、何よりの健康方法でもあるのだ。和代は突っかけを履いて裏庭から、

「貴男お食事よ」

　と大きな声で呼びかけると、

「え！　もうそんな時間か、もう理恵は出勤したんか」

「え、もう出かけましたが、貴男大丈夫ですか、昨夜あれほど苦しんでいらっしゃったのに」

「うん可笑しなもんで、発作が止まると嘘のように健康体で」

「そうなの。可笑しな病気ですわね、貴男の喘息というのは」

「患者である俺自身だってそう思っとるんや」

二人は顔を見合わせながら、畑の真ん中で澄んだ初冬の空に向かって大笑いするのであった。この二人の夫婦には三人の娘がいて、長女尚子《なおこ》と次女の雅美《まさみ》は、共に学校の成績も優秀で、二人は国立の教育大学を卒業して、両親の職業を継いで長女は公立中学校の教員、次女は私立高校附属中学校の教員となり、尚子は同業の中学校の教員と結婚し、雅美は府庁の職員と結婚していて、共に平穏で幸福な生活を送っているのである。だが三女の理恵は身体が弱い関係もあってか、勉強もあまり好きな方ではなく、それでも高等学校だけは出ておかなければいけないと親の勧めで、私立のお嬢さん学校を卒業すると附属の短大にも行かずに、学校推薦で、或る二流の建設会社に就職し、庶務課に勤務していた。だが色白で美人でもあり、人当たりもいたって良いので、会社の人達には極めて好かれているのである。今日も何時も通り会社の入り口で守衛室に向かって丁寧に、

「おはよう御座います」

と挨拶すると、守衛室の窓から顔を出した五十がらみの、丸顔をした気のよさそうな男が、

「おはよう。理恵ちゃん今日も早いね」

と声をかけた。丁度その時、理恵の側をすり抜けるように大股で歩いてきた長身の男が、

「ようお早う。今日は珍しく早いね」

と声をかけてきたのは、同室の係長だ。理恵は笑いながら、

「あ！　お早う御座います。私は何時もと同じ時間ですよ。係長さんこそ今日は馬鹿に早いじゃないですか」

「そういやそうかもしれんな」

と庶務課の部屋に入っていった。理恵もその後に続いて入ると、課長の藤井《ふじい》は既に席についていた。理恵は吃驚《びっくり》して、こんなことは滅多にないことなので、

「お早う御座います」

と慌ててちいさな声で挨拶し、こそこそと自分の席に着いて書類を出そうとしていると、隣の先輩女性課員が目でサインを送ってきたので、あ！　これが以前に聞いたことのあるこの会社の勤務評定の一つなのかと思いながら、理恵もさも忙しそうに、書類を拡げて意味もなく、昨日の仕事の続きをするようにページを繰っていると、突

然、

「東田君！」

と課長から声がかかり、びくっとしながら、

「はい」

と声だけは大きく返事をして立ち上がり、咄嗟に周囲を見渡し、未だ出勤していない女子課員もいるのに、何を言われるのかと思いながら課長席に行くと、課長は笑いながら一枚の書類を手渡し、遠慮がちに言うのであった。

「君済まんがね。未だ執務時間に入っていないことは分かっているんだが、これを経理の今中《いまなか》課長に渡してきてくれないか、彼ももう出勤しているはずだから」

と言われて、一瞬なんで私がと思い、一番新米だからしょうがないのかしらと思い直し、

「はい分かりました」

と言って書類を受け取り、素早く目を通すと、それは明日に控えた課長会議の連絡事項に関するものであった。

「外に何か伝達事項がありましたら」

「否別にない。それを渡してくれたら全て分かる筈や」

「あそうですか、では直ぐに渡して参ります」

と言って、理恵はその書類を受け取り、廊下を足早に歩いて行く途中で、バッタリ中島隆司に出会った。彼とは以前現統の部屋を尋ねられて以来、太幸建設子会社の従業員として、連絡事項の件で会社に度々やってくるようになって、時々会う機会があり、その丸顔で極めて愛嬌のある顔立ちに加えて、長身痩躯のスタイルに、理恵は何時の間にか心を惹かれるようになっていた。その隆司から、

「理恵ちゃん」

と突然如何にも親しげに名前で呼ばれ、ハッとしながら、驚きと共に廊下の片隅に立っている隆司に対して、

「あ！　中島君、今日もお仕事で」

「うん相変わらず受注の仕事の件で」

「そうなの」

「今一寸時間いいかいな」

「二、三分ならいいけど、今課長に言いつかった急ぎの用事があるの、それを済ませてからでないと、後から大目玉を頂戴するからね。兎に角それを先に済ませてくるわ」

「そうか、では此処で僕待ってるわ」

「そう、じゃ急いで私御用を済ませてくるから、その間現統の待合室にいたら？　ここじゃ寒いでしょ」

「いや一寸廊下で待ってろと言われているので、今出てきた部屋に、でかい顔してまた舞い戻るわけにもいかんやろ」

「未だ連絡事項が残っているんやったら、かまわないでしょ」

「しかしな、間もなく現場主任から連絡があると思うんで此処で待ってるわ」

「そう」

と言いながら、理恵は小走りに経理課の方に行った。理恵が用件を済ませて引き返してくると、やはり隆司はまだ廊下の片隅で待っていたので、

「もう連絡済んだの」

「うん、これから住道の方まで行くことになったんや」

「住道って、大東市の？」

「うんそうや。理恵ちゃん、よかったら今日の夕方六時頃、近鉄阿倍野駅の改札で待ってくれへんか。僕は五時半頃から六時までの間には必ず行くから」

「いいわよ。でも時間が過ぎたら帰ってしまうかも」

理恵はこのように言って隆司を試してみると、彼は一寸不服そうな顔をしながら、

「そらいいけど、理恵ちゃんの家の門限もあるしなあ。そらしゃあないな」

と言ったので、理恵もやや微笑み加減に、眉間にしわを寄せながら、

「そうなのよ。バスの都合もあって門限は九時なの、遅くなってタクシーで帰ったり

したら父が五月蠅いのよ」

「分かったよ。じゃ」

　と言って隆司は嬉しそうに駐車場の方へ走り去った。理恵はそれを見送ると、急いで庶務課に帰り、何時も通り書類を拡げていたものの、一日中仕事も手に付かず、五時の退社時間がくると、退社挨拶もそこそこに中央区谷町の本社ビルを飛び出して地下鉄に乗った。丁度五時五十分頃には約束通り近鉄阿倍野橋の改札口に着いたが、それと相前後して隆司は、額に汗を滲ませながら小走りにやって来て理恵の姿を見つけると、如何にも嬉しそうに駆け寄ってきた。余程急いで来たのであろう。息を弾ませながら言うのであった。

「やー理恵ちゃん、待った？」

「ううん、私も今来たとこなんよ」

「今日は迷惑じゃなかったの」

「どうして」

「いやなんだかそんな気がして実は住道から次の現場の八尾まで回らされたので、約束の時間に遅れるかと思ってやきもきしてたんや。間に合ってよかったわ」

「ところで中島君、作業服はどうしたの」

「あ、あれは仲間のトラックに置いてきたんだ。あんなもん着てまさか理恵ちゃんと会うわけにもいかんやろからな」

「私、別にかまわないわよ。平気よ」

「ほんまかいな」

「阿部野橋は梅新と違って庶民の町よ。案外と此処なら作業服似合うかもよ」

「そうかなー、兎に角僕達のように若い者は、通勤服と作業服は常時トラックの中に載せてるんだ」

「へーそうなの」

「まして下請けの者は、何時どんな仕事を言いつけられるか分からんし、お客さんと応対する場合汚い作業服ではね。また若い者は、作業終わって直ぐに彼女とデート出来るように常に準備してあるんだ」

「へーそうなの。ところで中島君は今どんな仕事をしているの」

「僕かいな。主に大工さんと一緒に仕事してるんやけど。時には施主さんのお宅に行って設計図を見せながら説明したり、また大工さんに指図することもあるんやけど、年嵩のいった経験のあるおっさんは、僕みたいな若造の言うことなんか、なかなか聞きよらんでね。早よ一人前の棟梁にならんとあかんわ」

　理恵は隆司の愚痴を聞いて少し可哀相に思え、慰めるために言うのであった。

「中島君やったら、きっと良い棟梁になれると思うわよ」

理恵のその言葉が余程嬉しかったのか、

「そうかなーそんなこと言ってくれるの理恵ちゃんぐらいや」

といって、理恵の顔を見てにっこり笑うのであった。二人は近鉄百貨店西側の、道路一つ隔てたビル内にある飲食店に入って、隆司はビールを注文し、理恵も小ジョッキぐらいは時々飲んでいるので、同じように注文したのである。二人は串カツを宛てにしながら、暫く黙って飲んでいたが、そのビールの酔いにほろっとした頃、突然隆司は少し口ごもりながら切り出した。

「理恵ちゃん、僕どう思う」

「どう思うって？」

と理恵は、突然隆司のこのような質問に驚き、惚けるより外に適当な言葉が思い浮かばなかったのである。

「言いにくいことを僕に言わすなよ」

と聊か酔いが回ったのか、隆司は失礼な言葉使いでこのように言うのであった。だが理恵は次の瞬間、隆司に幾分心寄せている関係か、その失礼な言葉に対し、全く意にも介さないような調子で言うのであった。

「好きよさっぱりしているところが、でもね私三人姉妹で姉二人は既に嫁入りしたの。だから両親は養子に来てくれる人が欲しいのよ」

「だったら僕は幸い三男なんだ。だから養子に行ってもいいんやが」

と隆司は、少しはにかみながら言うのであった。理恵は笑いながら、

「ほんと？　でもね中島君。私の家は父も母も姉二人もみんな学校の先生なの。勿論両親はもう定年退職して少しばかりの百姓をしているんだけど、中島君はそんな堅苦しい家によう来るかしらんと思うんだけど」

「へー理恵ちゃんとこ、みんなインテリーなんだ」

と隆司はさも驚いたように、大きな声を上げた。

「そうなのよ。私だけが頭が悪くて、肩身の狭い思いで暮らしているのよ」

「そこへ僕が養子に行ったら、ごっつー頭の悪い奴が生まれて、理恵ちゃん益々肩身の狭い思いをするかもしれんな」

と言い、それを聞いた理恵は、隆司と共に屈託のない大きな笑い声を上げ、笑いの中にビールを傾けるのであった。暫くして隆司は少し心配になって言うのだった。

「理恵ちゃん、あんまり遅くなったらインテリー両親が怒るかもしれへんからそろそろ帰るか、近鉄の改札まで送っていくわ」

「そう、門限もあるしそしたら帰るわ。あんまり遅くなると、修身みたいな親父に勘当されるかもしれへんからね」

と理恵は冗談めかして言うと、

「成る程修身親父か、今頃親父さんくしゃみしてるかもしれんで」

と言う隆司の言葉に、二人はまた笑うのであった。

「理恵ちゃん、今のうちに修身親父に胡麻すっておいて、僕の居心地のよいポジションを作っておいてくれや」

と隆司も冗談を飛ばしながら改札口まで送ってきた。理恵はその言葉を聞き流しながら、

「じゃ中島君有難う。間もなく河内長野行き発車するわ」

「気をつけて帰れよ」

「うん」

と頷きながら、電車の発車ベルに急き立てられて、理恵は隆司を振り返りながら駆けだした。その姿を見送りながら、隆司は思うのであった。俺は三男坊で、家では男三人が建築関係の仕事を続けることは、戦力としてはよいかもしれない。然し俺だって何時までも兄貴の下に仕えて、精神的な拘束を受けながら仕事を続けることは、確かに堅実的な生活であり経済的には楽かもしれんが、だがこのような生活が続く限り、少なくとも自分には生活に面白味が感じられないのだ。幸いにも理恵が俺に惚れてくれてるんやったら、窮屈でも養子に行くのも悪くはないや。仮令堅苦しい両親が居たって、何れは俺よりも先に死ぬわけだし、それまでの辛抱やが、俺は頭の方は兎も

角、健康には自信がある。否頭の方だって人並みに勉強すれば、負ける気はしないんだが、中学校時代から兄貴の仕事を手伝わされて、勉強なんておちおちする間もなかったからなあ、理恵と結婚出来れば、初めのうちは神妙に両親の百姓を手伝い、だんだん俺自身の活動の場を拡げていけばよいのだと、一方では悪魔っぽい稚気な彼なりの計算をするのであったが、他方で多分駄目だろう。そんな家に俺なんかを養子に迎える筈はないと半ば諦めにもにた心境で居たのである。ところが理恵は余程隆司が好きだったのか、気が弱いにもかかわらず両親を説得し、彼を両親に会わせることに成功したのであった。父親の健太郎や母親の和代にしても、理恵には他の二人の姉娘と違って、可哀想に子供の時から喘息という持病を持っている負い目もあってか、それに末娘という可愛さもあり、親としてはどうしても甘くなってしまう。中島という青年はどうも家風に合わないような気もするのだが、兎に角一度会った上で、駄目だと思えば、その時理恵に言って聞かせればよいだろうと、恰も自分に言い聞かせるように、その青年に会うことを承諾したのである。そこで妻和代と相談の上、あまり大袈裟にせず、ごく自然に娘の友人が遊びに来るというような形式で、自宅に招待することにしたのだ。その自宅というのは、大阪府下南部に位置する富田林市の南東に当たり、近くに金剛山をのぞみ、自宅の横には、清流千早川が流れて歴史的にも名所旧跡の多い閑静な村にあって、地元でも広く知られた旧家の分家に当たり、地理的には少し不便な処だが、凡そ三百坪の広大な屋敷には、旧家らしい頑丈な平屋建ての母屋と、その屋敷の奥には離れ家とそれに向かい合って白い土蔵が立っている。その母屋の十畳の間で会うことにしたのである。当日隆司は、この時とばかり、一張羅の濃紺の背広を着込み、髪を七三に分けて、恰も入社試験を受けるような格好で、理恵から予め聞いていた健太郎の好物である赤ワインを持ってやって来たのである。それを玄関で迎えた理恵は、何時もと全く違う神妙な隆司の格好に幾分戸惑いながら、客間に案内するのである。作業着を着た何時もの隆司を見慣れている理恵にとっては、その姿が如何にも珍妙に見えたのでクスッと笑うと、隆司は不審な面持ちで、理恵の顔を見返しながらちいさな声で、

「なんやねん」

と言ったので、理恵は笑いながら、

「ううん、別に何も」

と言って客間の襖を開けると、健太郎は既に正座して隆司を待っていた。驚いた隆司は、常日頃あまり使ったこともないよそ行きの言葉を思い起こしながら挨拶するのだった。

「本日は、大変お忙しいところ、御招待を戴きまして有難う御座います。私はお嬢さんがお勤めの会社の下請け会社に勤務しております中島隆司と申します。今後ともよ

ろしくお願い致します」

「理恵からはよく伺っております。さーどうぞどうぞ、あまり堅苦しゅうならないで」

「は！」

と言いながら、隆司は手回しよく持参のワインを差し出し、

「ほんの手土産ですが」

と健太郎に差し出すワインを見て、健太郎は要領のよい隆司に軽く笑いを返しながら、

「ほーこれは好物、どうも有難う」

と言って受け取り、心の中で素直な喜びを感じると共に、長い教員生活で多くの子供に接してきた健太郎にとっては、経験上その態度から、一見隆司がどのような人物であるかは、ある程度判断が出来たように思えるのだった。だが理恵の手前もあり、不躾な態度はとらず、今日は出来るだけ鄭重に接待をしようと考えるのであった。

「今日は、折角遠いところまで来て戴いたのだから、何もないが食事でもしてゆっくりしていって下さいよ」

と言って、相手の目を見詰めながら、じっと娘と比較して、教師特有の人物評価をするのであった。少し間を置いて、

「ところで貴男は建築士だそうですね」

隆司はこの家に来る道すがら、どのようなことを聞かれるかを心の中に思い浮かべ考えていたので、ほれ来たと思いながら正直に、

「はい、建築士と言いましても二級でして、これは工業学校の建築科を出ていれば誰でも貰えるような資格でして、別に資格と言うほどのものではありませんので」

と謙遜するのであった。

「いやいや立派な資格ですよ。二級土木施工管理士と言う資格もあるようですね」

「はいあれは私も持っておりますが」

「あ、そうですか、私の教え子にあれを持っているのがいましてね。家の基礎が傷んだりしたら何時でもおっしゃって下さいとか、言っておりましたがね」

「ああそうですか」

と言いながら、これじゃ俺がどの程度の人間か分かっているなあ。こんな時せめて俺に一級建築士の資格でもあれば、もう少し自信を持って対応出来るんだがなーと心の中で一寸威圧感を感じているとき、突然、

「この頃は建築関係も大変でしょうね。政府がなんとか早いこと対策を立て、手を打たんことにはね。何しろ、もう少し全般的に景気が良くならんことには、大手は兎も角として、倒産してるのは、大概中小の会社ですからね」

と健太郎は初対面のこの青年に、このようなことを言うのは聊か失礼かと思ったが、

社会的な事実は事実として話すことに対し、相手はどのような答弁をするか、それとなく探りを入れてみると、隆司の方はどう答えるべきかに迷った。確かに自分達のような子会社に勤務する者は、その景気の悪いのを諸に受け、親会社からは工事代金を叩かれ、儲けは非常に少ないように聞いているが、今のところ親会社からの仕事は順調に回ってきており、未だ自分は独り身で与えられた給料を受け取り、残業がない分少しは手取りが減ったなと思うぐらいで、実感としてあまり金には不自由は感じていない。然し理恵の親父さんにしてみれば、この不景気を諸に受けている業務に携わっているような奴を養子に入れて、この東田家がその経済的負担を背負い込むのはまっぴらだと思われ、嫌がられるかもしれんなと判断した隆司は、その答えに窮して、

「ええ、まあね」

と笑いながら曖昧な返事をして逃げたのである。丁度その時、御馳走が出来たというので和代と理恵はお膳を運んできたのである。父親健太郎の質問を聞くともなく聞いていた理恵は、困っている隆司を庇うように、

「父さん！　そんな堅苦しい話はしないでね、中島君困っているじゃないの」

と言うと、

「いや堅苦しい話でも何でもないじゃないか、中島君が現在携わっている仕事が、今の日本経済状況の中では、大変だろうと労《いたわ》っているんだよ」

と言って笑った。母の和代はすかさず話題を変えて、

「中島さんは、今日はお車で来られたんですか」

と尋ねた。

「いえ電車で来たんですが」

「そう、じゃ少しぐらいおビール召し上がってもよいわけね」

「有難う御座います」

「じゃおビール取ってきますわね」

と和代が立ち上がりかけると、健太郎は、

「俺は中島君が折角持ってきてくれたんだから、ワインにしようと思う。ワイングラスを持ってきてくれ」

と言うと、すかさず隆司も、

「僕もワインにしますわ」

と言ったので、理恵は、

「今日はみんなワインにしましょうよ」

と言って、自らワイングラスを取りに行こうとすると、父はすかさず、

「理恵栓抜きもだよ」

「分かっているわよ」

と言って笑いながら持ってきた栓抜きを、健太郎が受けとりワインの栓を抜きかけると、隆司が、

「あ、それは僕に任せて下さい」

と言って慣れた手つきで栓を抜き、

「お注ぎしましょう」

と言いながら、健太郎のグラスから和代へと順にワインを注いでいくのであった。

健太郎は赤ワインは呆け防止になると人から聞いていたので、そのシャトージョギャールを味わいながら御満悦の様子なので、理恵は内心やれやれと思った。

隆司が帰ってから、健太郎は和代を前にして言うのであった。

「なかなかよく気がつく青年だが、少し頼りないのか、要領がよすぎるのか、込み入った具合の悪い話になると、惚けた振りをするのか、一寸判断が付かんところがあるね。尤も一回ぐらい会ったところでよく分からんがね」

それに対して和代は、

「でも可愛いじゃないの、私とこは男の子が居ない関係かしら、よけいそのように思うのかもしれないけど」

「可愛いだけじゃ生活出来ないよ。若し養子として迎えるのなら、大した財産もないが、その財産を殖やせとは言わないが、せめて先祖からの不動産だけは、守っていっ

て貰いたいものじゃ。俺が死んで相続税でとられる分は別にして。それと何よりも大事なことは、理恵を幸福に出来る男でないと駄目じゃ。俺が死んでも尚子や雅美には、結婚時に僅かだが持参金を持たしたし、その配偶者である貴一《きいち》君や弘昭《ひろあき》君等が実家から独立して家を建てるにあたって、共に建築資金として一部生前贈与してあるので、我が家において、遺産につき相続権を主張して揉めることもないと思うが、勿論それについては俺は遺言書にも書いておくつもりだが、問題は、君が年を取って身動きに困るようなことになった場合に、理恵と一緒になって身の回りの世話をしてくれるぐらいの誠意のある男でないとだめだな。俺は別に学歴や職業等どうでもよいと思っているんだが」

それを聞いた和代は、

「嫌ですよ貴男！　私が身動き出来ないようになるなんて」

「例えばの話だ。君がどのように思っていようとも、年をとってからどうなるか分かるもんかい」

「それはまあそうでしょうけれど」

そのような話をしている時、後片付けの終わった理恵がやって来たので和代は、

「理恵、お前は中島君をどう思っているの」

「どう思うって？」

「結婚する気があるの」

「結婚ねー　未だはっきりと心の中では決めてないんだけど、でも考えてみれば結婚とはめんどうなものねえ」

と理恵は少し恥じらいながら言うと、

「そらそうでしょう。全く他人である彼と一緒になって、協力して幸福な生活を築いていくかどうかなのよ」

その和代の言葉に対して、理恵は心に決めたのかキッパリと言うのであった。

「私はやっていけると思うの。彼は私と同様頭の方は良くないと思うけれど、誠意はあると思うの。だから結婚すれば、お父さんやお母さんと歯車を合わせて一生懸命にやっていくと思うの」

それに対して父の健太郎は、

「彼のその気持ちと、当家の家庭環境に彼がどのように順応していくかが大切だ。当事者間で好き合っていればそれでよいというのは建前論であって、全く環境の違った家庭で育った彼が、他人の家に入って共同生活するのだから、彼にとっては極めて窮屈な思いをすることになろう。だから彼の家庭環境というものは、彼の成年に達するまでの重要な要素であり、つまりその人が一人前になるまでにどのような人格が創られてきたかは、その家庭環境で大半が決まるんだ。勿論このことは、彼の家庭環境が当家と一致しなけりゃならんというわけではなく、仮令それが違っていても、その成長過程で創り上げられた人格が、当家の家風に馴染むかどうかだ。分かりやすく言えば、辛抱強く家族と互いに助け合って生活が出来、理恵との間でも、お互いが何時までも信じ合い、死ぬ気で惚れ合う気があるかどうかだ」

それを聞いた理恵は、厳格な父からそんな言葉を聞いたこともないので吃驚しながら、

「嫌な父さん」

と顔を赤らめながら言うのに対し、健太郎は笑いながら、

「聞き合わせというのは古いと思うかもしれないが、こんな点から考えると、ある程度必要なものなんだ。このような順序を尽くした後は、結婚はアテモンみたいなものなんだよ」

「じゃお父さんやお母さんの場合の結婚も、アテモンみたいなものだったの」

「そうだよ。僕達の場合はお見合いで初めて知ったのだから、全くのアテモンだったよ」

「じゃあ大当たりだったの」

「そうだよ。大当たりだったと俺は思ってる」

「じゃあ母さんはどうなの」

「父さんのおっしゃる通りよ」

と言って和代は笑いながら、

「古いと思うけどね、人事を尽くして天命を待つと言う諺もあるでしょ。何事も出来る限りのことは一生懸命にして、後はどのような結果が来るかは誰にだって分からないものよ。どんなに努力しても、結果が上手くいかない場合だって現実にはあるでしょ。でも出来る限りのことはやっておかないと、後で大変後悔するでしょ。理恵に養子を迎えるということは、単に理恵だけの問題では済まないものなのよ。彼が私達の家庭に入って生活するということは、私達家族だけの問題だけではなく、理恵の二人の姉の関係についても間接的或いは直接的にも影響するものなのよ。それは貴方達が私達と別居するかどうかとは関係なくね。そのことだけは分かっておいてね」

「ええ勿論それは私もよく分かっているわよ。だから彼にははっきりした結婚の約束なんかしていないわよ」

「そうか」

「だからお父さんが言ってらっしゃるように、折を見てそれとなく聞き合わせに行ってくるわね。人事興信所を入れてもいいんだけれど、それじゃ後で相手さんに分かった時に、不快な思いをさせるかもしれないのでね」

「分かったわ。私が聞いている話では、中島君は三人兄弟で、共に太幸建設の下請会社で働いており、その会社は一応株式会社で、一番上の兄さんが経営されて居るらしいの。両親はとっくに亡くなり、その兄さんが親代わりをされてきたようなの」

　それを聞いた健太郎は、

「ということは、兄の経営している会社で彼は建築士兼大工として働いているということだな。大工だって立派な仕事であり、理恵が好きだと言うのなら、勿論我々だって反対はしないが、こちらは親族の殆どが教員や公務員という関係上、隆司君が上手く溶け込んでくれるかどうかが心配だね」

　と言うと、和代もそれに相槌を打つように少し心配げな表情で言うのであった。

「そうね、彼が上手く家風に溶け込んでくれればいいんだがね」

　このような家族の話し合いがあって一ヶ月後、健太郎夫婦は聞き合わせに行った結果、隆司の父親はサラリーマンで、隆司が小学生の頃、社外営業活動中に自動車事故で亡くなり、落胆した母もその後病気がちとなり、彼が中学生の時病気で亡くなられたとのことである。だが長男というのがなかなかしっかり者で、隆司とは可成り年齢も離れている関係もあって、親代わりとして学校の授業参観日にまで出席して、実によく面倒を見ていたとのことであった。長兄には既に三人の子があり、次兄も亦今では結婚し独立した家庭をもっており、仲よく三人が共同で建築関係の仕事をしており、親会社太幸建設の信頼も厚く、可成り大きな仕事の下請けもしているとのことであった。このような家族環境で育った隆司を養子として迎えても、小さい時から苦労してきただけに、辛抱してくれるものと健太郎は考え、妻の和代も同意見だったので、理恵の考えをもう一度確かめた上で、二人を結婚させ同時に養子として迎えることに決めたのである。この話には隆司の二人の兄達も非常に喜んだのであった。

四、献身

隆司は、理恵に恋心を感じていたものの、余りにも自分の家とは家庭環境が違っているので、その結婚を半ば諦めていたのだが、思いの外スムーズに結婚話が運んでいったので、内心非常に喜んだのである。多忙なマンネリ的生活に聊か希望を失いかけていた隆司は、俺もこれで兄貴の一家から解放されて、愈々独立した生活が出来ると思うと、無性に嬉しさがこみ上げてくるのである。理恵には両親がいるが、兄の家で居候しているような生活と違い、ある意味で開放感を味わうことが出来るような気がするのである。

このようにして結婚した隆司は、大きな東田家の屋敷の奥まった十畳二間の離れ座敷で、理恵と二人で暮らし、別に思っていたような両親の拘束を受けることもなく、平穏で充実した生活を送り、今ではすっかり東田家の一員となりきり、二人の可愛い女の子まで授かっているのだった。これまでは東田家の家庭生活に慣れるため、只ひたすら身を粉にして働こう、そうすりゃ本当の家族の一員として迎え入れてくれるだろうと思って、隆司なりに必死に日を送ってきたのである。平日には実家の兄等と建築関係の仕事をして、休みの日には健太郎の畑仕事を手伝った。幸い健康には恵まれていたので、それぐらいの労働はさして辛いとも思わなかったし、隆司はただ養父母に気に入られようと、献身的に働き通したのである。その隆司に対して健太郎は、理恵の姉娘の婿等と比較し、話し相手としてはどうしても聊か物足りない面もあるが、それには目を瞑って、良い息子が出来たと夫婦ともども喜んでいるのだ。隆司もそれに応えるために益々働き、会社が休みの日になると、健太郎が畑に来る前に、先に畑に出掛けて耕すという、普通では一寸考えられない律儀な親孝行ぶりに深く感謝しながらも、健太郎はなにかしら其処に一種の違和感があるようにさえ思う時もあり、いけないことだがひょっとして、何か胸に一物があるのではないかとさえ感じるのであった。だがそれを打ち消し、最近ではその自分の卑しい疑念に恥じて、心より彼に感謝するようにしているのであった。

ある陽春の麗らかな早朝に、出勤時間には未だ大分間があるなと思いながら、健太郎は多分隆司も、未だ春眠を貪っているだろうと思い、鍬を持って畑に行ってみると、もう誰かが鍬を振るっている姿を遥かに見て、まさかと思いながら近付いてみると、隆司が一生懸命耕しているのである。

「おーい隆司君じゃないか、こんなに早くから耕してどうしたんだ」

「あ！　お早う御座います」

「今日はまたどうしたんや。馬鹿に早いやないか」

「はい、今日は春分の日で、親会社が休みでして、下請けの我々も」

「あーそうだったのか。俺は休日であることをとんと忘れていた。その苗、豌豆《えんどう》かいな」

「はあ、理恵が、お父さんが今耕しているところへ豌豆を植えはるんや、と言ってましたので、お父さんが農協で注文しておかれたのを、昨日会社の帰りに取ってきたんですわ。一寸出過ぎましたけど、今日は天気予報では夕方から雨になると言ってましたので、朝早くから植えとかんと、と思いまして」

「そうかそうか。それはいろいろ気を使わせて済まんかったのう」

「いや、とてもお父さんのようにはいきませんが」

「いやいや、君の百姓も最近は堂に入ってきたよ」

と言いながら、今時の若い者にしては珍しい男だと思いながら、そのあまりにも出来すぎた隆司の行動に、内心驚くのであった。それからは、不思議なもので二人はお互い男としての競争意識も手伝ったのか、黙々として耕し続けたのである。朝食にも来ない二人は一体どうしたのかと心配になった和代は、二人を呼びにきた頃には、百坪あまりの畑には耕運機を使うまでもなく、豌豆苗の植え付けまで済んでいたのである。昼食後、気を利かせた健太郎は、隆司夫婦に遊びにでも行ってこいと、追い出すように勧めると、その健太郎の言葉に、二人の小学生の孫娘も喜んで車に乗り込み、四人で楽しそうに出掛けていったのである。それを見送った健太郎は暫くしてから、和代と二人で土に馴染ませるように豌豆の苗に水をやりながら、ポツリと言うのであった。

「あの隆司は、養子としてあまりにも出来過ぎてやしないか。我々に対する親孝行もあまり度が過ぎているように思うんだが、君は彼をなんと」

「なんと見ると言ったって、もう十年近くも一緒に住んでみて、二人の孫娘もあれだけ大きくなっているんですよ。私は貴男のそのような心配こそ不自然のように思うわよ」

「だがなー養父の俺にあまりサービス精神を発揮し過ぎじゃないか。サービス精神も限度の問題で、武家政治の時代じゃあるまいし、今時あそこまでやられると少し気味が悪いよ」

「と言うと、何か魂胆があるということ?」

「いや俺も彼には感謝しているよ。だがな長い教員生活をしてきていろいろな子供や父兄と接してきたが、その経験的直感というのだろうか、彼の行動には感謝しながら、どうも不思議でならないのだが」

「それは貴男の考え過ぎじゃないですか、あの子も小さい時に親を亡くし、いろいろ気苦労してきたので、よく気がつくんじゃないですか」

「うん俺もそうあってくれることを祈っているんだがなあ」

「あの子も家庭環境のあまりにも違った窮屈なここに来て、十年近くも気を使って生活し、もうこれだけ経っているのに、変な想像するなんてあの子に失礼じゃないですか。そんなこと心配していたらまた持病の喘息が出ますよ」

と言って屈託なく和代は笑うのであった。

「それもそうだな」

と健太郎も和代に引き込まれて笑いながら、畑の畦に腰を下ろして、春霞のかかった金剛山頂を仰ぎ見ながら茶をすするのであった。

五、隆司の本性

雨上がりの翌日、昨日畑に植え付けたばかりの豌豆苗の、付き具合を見に行った健太郎は、畝の間で腰をかがめた拍子に突然その畑の畝に倒れ込んでそのまま動けなくなってしまった。たまたま通りがかった人から連絡を受けた和代は、咄嗟に昨日の疲れで、何時もの喘息が発作したのかと思いながら駆けだしたが、反射的に、いや彼は喘息の発作ぐらいで、如何に苦しくとも倒れるような醜態を決して見せる人ではないと思い直し、その現場に走ったのである。そこでは既に健太郎が四、五人の人に囲まれて、誰が用意してくれたのか、毛布の上に寝かされていた。和代は息を弾ませ、後れ毛を掻き上げながら誰にともなく礼を述べ、健太郎に声をかけようとすると、本家の兄も既に来ていて、

「和代さん、そのまま寝かせておく方がよいよ。携帯で既に救急車も呼んであるので、間もなく車も来るはずだから」

「あ、そうですかお世話をかけました」

と言いながら、もう一度健太郎の顔をジッと見詰めると、何時もの喘息発作の時の

顔色とは違って、普段より幾分赤みを帯びたように見えた。どうすることも出来ない昏睡状態が続いているのを見ていると、突然何故かゾクッと背中に悪寒が走り、和代は必死に心の中で『貴男！　貴男！　しっかりして！』と呼び続けるのであった。胸が締め付けられるように感じ、健太郎の手を握りしめて祈るような思いでいると、漸く救急車が来たので、何時も診て貰っている大学病院名を告げ、理恵への連絡を本家の兄に頼み、和代はそのまま担架に付き添い車に乗り込んだのである。

病院の検査結果では、動脈硬化症による脳血栓と診断され、応急処置の上、そのまま入院することになったのである。あの沈着冷静で思慮深い健太郎も、流石に病気には勝てず、その日から意識障害と運動機能を失い、寝たきりになってしまったのである。和代はまさかこんなに早く、健太郎がこのような状態になるとは予想もしなかった。日頃持病の喘息は一種の体質上の問題で、酷い発作の時は非常に苦しむが、発作が止まれば普通の健康体と全く変わらず、その強い精神力により、同年配の人よりも寧ろ最近では健康な日常生活を送っていたのであり、まさかこの人がこのままくたばってしまうようなことは考えられなかった。和代とすれば、もう一度あの元気な姿に戻るように祈り、理恵に対して、

「理恵！　お父さんにもう一度元気な姿になって戴くために、母さんは看護に没頭したいの、だから私の留守中は、家事の一切を貴女に任せたいの、お願いね」

「分かったわ母さん、お父さんにずっと付いてあげて」

「貴女は子供や、隆司さんの仕事の関係もあるし、病院には来なくていいから」

と家事の一切を理恵に託し、毎日午後になると介護のために病院に通い詰めたのである。そのお陰で、軈て健太郎の意識は戻ったのであるが、だが残念なことに左半身の麻痺は残った。和代はせめて意識が戻ったことに、やれやれと思う反面、かつての健太郎の姿を思い浮かべながら、その後も医師や看護師の指示に従って、左半身の機能回復のために健太郎と一心同体の思いで、必死にリハビリに努めたのである。

隆司も理恵と共に二、三度見舞いには来たが、その後休日には畑の世話もあることを理由に、全く見舞いにも行かず、隆司は養父が倒れたことによってなんだか心中のプレッシャーがなくなり、この東田家に初めて自由と共に自分中心の世界が到来したような気分になり、時には理恵に対して、すっかり一家の主人気取りで、尊大な態度に出る場面も見られるようになってきた。だが理恵は、そんなことで母に心配をかけてはと、そのようなことは噯《おくび》にも出さず、この隆司の態度の変化については、自分の胸に納めているのであった。だから和代も只ひたすら健太郎の看病に力を尽くし、最近では、大学病院の医師や看護師ですらも、その夫婦愛の深さに敬服の念すら抱くようになっていたのである。特に和代の献身的な心情に打たれた健太郎自身が、その愛に応えるために、動かない手足を必死に動かそうと、歯を食い縛りリハビリを続けるのであった。だがこの左半身の不随は、回復の兆しすら認められず、医師すらも半ば匙を投げていたのである。

　然しその後担当医師を驚かすような回復の兆しが見え始めたのである。それはほんの僅かではあるが、他人には全く聞き取れない健太郎の言葉が、不思議にも和代にだけは通じるようになってきたのだ。健太郎の比較的自由に動くようになってきた右腕で、和代を招き寄せ、

「うう、ううう」

　と他人には、ただ何かを言おうとする必死の形相は窺えるものの、全く聞き取ることが出来ないその呻き声のような中から、深い夫婦愛によって結ばれた四十数年の生活を経た和代にだけは、

「俺が倒れるまでに遺言書を書いておくべきだった」

　と言うように聞き取ることが出来るのである。和代は、

「貴男そんなこと心配しなくたって大丈夫よ。貴男は屹度再び元気になりますよ」

　と言うと、相手の言葉は充分理解出来るのであろうか、健太郎は首を左右に振って言うのだった。

「理恵！　ううううう」

　としか周囲のものには聞こえないのだが、それが和代には、

「理恵に日常生活の総てを任すのはどうかと思う」

と聞こえるのである。それを聞きながら、元気であった頃の夫を思い、和代は目頭に熱いものを感じ、泣き出したいような思いながらも、涙を見せることもなく、

「貴男、そんなこと心配しなくたって大丈夫ですよ」

と答えるのであった。和代とすれば、夫の気持ちも分かるのだが、こんな状態が続いている限り、理恵を信じ、理恵に総てを任せる以外にどうしようもないのである。若し下手に理恵に対して干渉すると、今度は親子間や理恵夫婦の間に、亀裂が生じるようにすら思えて、余計にややこしい問題が起こるような気がするのであった。だから健太郎が心配するのは尤もだと思いながらも、隆司と理恵との夫婦間には既に子供等も大きくなっていることだし、まさかあの養子の隆司が馬鹿なことはすまいと信じ、健太郎の言葉を聞き流していたのであった。

　このようにして健太郎が倒れてからは、家の方は理恵夫婦に任せっぱなしで既に一年は経過した。最初の大学病院を転院してから、病院側の事情で、現在では更に三つ目の病院に転院しているのであるが、大学病院から転院の折、若い担当医から次のような注意を受けたことが、看護を続けてきた和代の心に今も鮮烈に残っているのだ。それはあまりにも献身的な和代の介護姿が、そのような姿を常々見慣れている医師にも、流石に感動を与えたのであろうか、

「奥さん、御主人の病名は入院時に申し上げたように脳梗塞、それもアテローム血栓症と言って、脳の比較的太い血管が詰まったものでしたが、その処置としては貴女も御存知のように、血の流れがよくなるように点滴や処方した内服薬が御主人の場合には、極めて効果的であったように思います。その結果お元気になられ、若干未だ左側の手足に麻痺が残っておりますが、病状は比較的安定しておりますので、今後、更に良くなるかどうかは奥様の愛情による積極的な努力と、御主人が如何にそのリハビリに根気よく耐えられるか否かと言うことだと思います。それが上手くいけば、完全回復という症状例もあるのです。僕は御主人の場合、リハビリの度合いと回復可能の度合いは比例すると思います。勿論無茶なリハビリはいけませんが、兎に角健康な筋肉でも、二、三週間安静にさせると、二〇パーセント程度萎縮すると言われています。だから特に関節の訓練は、可動域を狭めないためにも忘れないようにして下さい。僕は医者ですが、今までの経験から言うと、最後には精神力こそが唯一の治療方法だと思っております。だから同程度の病気で入院されても、治る人と治らない人は治療過程である程度分かります。だから頑張って下さい」

　と言ったその医師の励ましに、和代は目を潤ませながら礼を述べたのであった。そして未だ七〇代前半の夫がこのまま朽ち果ててはあまりにも可哀想で、自分自身も堪らないと思ったのであった。その医師の言葉を信じて、その後も和代が必死の看病を続けた甲斐もあり、またその辛さによく堪え忍んだ健太郎の精神力もあってか、最近では杖に縋って、どうやら院外を散歩するまでになっていた。言葉の方も、以前のように明確に長時間話すことは出来ないにしても、総入れ歯の人が聊かしゃべり難そうに話す程度まで回復し、日常会話にさして不便を感じないまでになっていた。近頃和代はつくづく思うのである。病気からの人間の健康回復には医師の技術もさることながら、医師の患者に対する思いやりや、付添人にかける言葉というものが、どれほど大きな治療効果を発揮するかを知らされた思いで、あれほどの病状から此処まで回復してきた夫の姿を見る度に、最初に夫を担当した医師の言葉を信じて実行したことを、心からの感謝の念と共に、今漸く此処に長いトンネルから抜け出た感じがするのである。

ところがこの頃になって、模範的な養子だとして村内でも評判だった隆司が、健太郎という煙たい存在が一年余り家を空けたことで、今までの気苦労から解放された気分になったのか、徐々にその本性を現してきたのである。ここに健太郎が常々心配していたことが、現実のものとなって起こり始めてきたのである。

隆司と理恵夫婦の間の二人の娘も、既に長女は中学二年、次女は小学校六年生になっていた。このような家族構成の中で、隆司は心の奥で、入り婿になってから今日までの生活から考えて、理恵は自分にぞっこん惚れているから幾らでも誤魔化しがつくものと考え、養父の居ない今ならと、甲斐性もないのに、周囲から煽てられ、調子に乗って、事業家の夢を見るようになっていた。

「隆ちゃん、最近は益々貫禄が出てきたな、親父さんが倒れてから、今では隆ちゃんが東田家の大黒柱やなあ」

と言われ、

「いやそんなことは」

と言いながらも隆司は徐々に本来の野望を膨らませ、心の中で東田家の財産を資本に、一廉《かど》の事業家を夢に描いているのであった。手始めに、養父健太郎の土地を担保に入れ融資を受けるか、いっそのことその土地を売却し、それを資金にして会社を創り、何とか周囲の連中にいいとこを見せたくて仕方がないのである。

彼は或る日の夕食後、ぼんやりとテレビを見ている理恵に言うのであった。

「おい理恵！　あの西の山の近くの畑、造成したいから売ってくれへんかという不動産会社があるんやけど、あそこは丁度近くまで住宅が建っているんで、比較的高く売れるんだがなあ。俺だって何時までも兄貴の下で働いていても梲《うだつ》が上がらんのでなあ。一定の資金を得て兄貴から独立したいのや。どうや、お前だって何時までも大工の嫁さんと言われるより、社長夫人と呼ばれた方が気持ちよいやろ」

突然のこの思いもよらない隆司の言葉に、理恵は戸惑いながらも、一瞬あ！　このことを父さんが心配されていたのだわ、との思いから咄嗟に言うのだった。

「私、大工の嫁さんと言われたって、立派な職業じゃないの、別に何とも思わないわよ。大工さんだってピンからキリまであるでしょ」

「そんなこと言わんと協力してくれや。お前の姉二人の旦那は中学校の先生や公務員をしているのに、俺だけが平大工じゃ、お前も肩身がせまいやろうと思うんやが」

「いいえ、姉二人は大学出の秀才よ、私は高校出なのよ。大工さんが丁度いいんじゃないの。でも子供ら二人は不思議にも私達には似ず秀才だわ。姉等の子より遙かに秀才なのよ。だから心配しなくても、私は肩身の狭い思いなんか全く感じてないのよ」

と言って笑うのであった。事実不思議にも理恵は、会話でも姉等夫婦と対等に渡り合い、大いに笑い、その姿からは微塵も卑屈さを感じさせないのである。

だが隆司にはそれが出来ないのである。姉等夫婦が実家に来た折、どんなに努力しても彼らの話の輪に入り込めずに、ただ話の圏外にいて、傍観者としての卑屈さを味わうのである。だから余計何とかしたいという思いがあることも事実である。

理恵は惚けたように、

「ところで協力してくれって、一体どういうことなの」

「俺が協力してくれと言ったら大体分かっているやろ」

「いいえ、私には分からないわ」

「つまりあの土地を、先ほども言ったように建築会社に売るか、それが駄目なら担保に入れて金融機関から融資を受けたいのだ。それに協力してくれということなんや」

「馬鹿なこと言わないでよ。私の土地ならまだしも、父の土地を、父の入院中にそんなこと出来るわけないじゃないの」

「お父さんの承諾を得ようにも、あの病状じゃ承諾なんか得られへんやないか」

「貴男、最近父の見舞いに行ったことあるの、父はもう殆ど病気も回復してるのよ」

「え？　それほんまかいな。然しこんなこと相談に行ったら、また病気悪くなるかもしれへんしなあー」

「そう思うなら、母に相談したらどうなの」

「そんな意地悪いことばかり言わないで、お父さんの土地の権利証や印鑑証明書を一寸借りるだけで、お前は黙っていてくれたらそれでいいんやないか」

「そんなこと言ったって、私そんな書類を、父が何処に入れているのか全く知らないわよ」

「そしたら一緒に探してくれや」

「馬鹿なこと言わないでよ。私、なんぼ親子の間柄だと言っても、そんな泥棒猫みたいなこと出来るわけないじゃないの」

　この理恵の言葉を聞いて突然隆司は怒り出したのである。

「お前は俺を泥棒呼ばわりするんかよ。俺は何も盗むんやなくて、金を儲けたら返すんじゃないか、それでも泥棒かよ」

　両親のいない家で、隆司とこのような道理の分からない話をしていると、理恵はなんだか泣き出したいような衝動に駆られるのであった。だがなおも隆司はひつこく言うのであった。

「じゃこうしようじゃないか。何も土地を売るのではなくて、担保に入れて金を借りることにしようじゃないか。この場合やったら、暫くの間銀行から金を借りて、後で金を返せば別になんの問題も起こらへんやないか」

　これ以上この場で隆司を怒らせると、なんだか取り返しのつかないような事態が起こるような気がして、理恵は言うのであった。

「一体どれほどのお金が必要なの」

「会社の設立を考えているので、三百万ぐらいの金がないとどうにもならんのだ。株式会社を創るんで、最低でもそれくらいの金がどうしても必要なんや」

　と一廉の事業家ぶって答えるのであった。それを聞いた理恵は、心の中で、なぜ三百万円なのか、三百万ではとてもじゃないが会社は立てられない筈だわ、隆司は会社を興すと言うけど、ほんとに起業の勉強をしているんだろうかと、益々不安と疑いが深まるのであった。そこで理恵は、事業を起こすのに勉強もしないで、ただ漠然と人の言う言葉を聞き齧って、ただお金のことだけを言われても困ると思い、

「貴男は三百万ぐらいと言うけれど、それぐらいのお金で建築会社なんてほんとに創れるのかしら」

　この突然の、恰も隆司を疑ったような理恵の言葉に、隆司は癇に障ったのか顔を真っ赤にしながら激しい口調で、

「というと、俺には出来んというのか」

　と言葉短く怒りに満ちた激しさで切り返してきたのである。そこで理恵も負けじと、

「私は株式会社としての建設会社の場合には、とてもそんなお金では無理だと思うの。私も建設会社に居たのよ。少しは知っているつもりなの」

「だったら幾ら要るというんだい」

「貴男は三百万円というけれど、大阪府で建設会社として申請許可を受けるだけでも、最低資本額は五百万円が必要でしょ。でも実際はそれ以外にもいろいろな経費が必要でしょ」

　と言いかけた理恵に対して、突然隆司は自分が馬鹿にされたような思いから、

「お前の言うのは分かっとるがな、それ以外に定款の収入印紙や定款認証費用、会社登記のための登録免許税、更には知事の免許を受けるための申請手続き費用なんかも要るというんやろ」

「まあそうよ、私は詳しいことは知らないが」

と言いながら理恵は、あれ？　隆司も勉強してるんだなと心中聊か驚きながら、隆司の顔を見返していると、それを感じ取った隆司は如何にも勝ち誇ったように、

「そんなことぐらいお前に言われなくったって、俺だって知ってるわい」

「そしたら三百万円位のお金が出来たとして、後の不足分はどうするつもりなの」

と理恵が聞くと、

「それは俺だってアテがあるんや」

といった隆司は、長兄昌広の友人である吉岡《よしおか》との共同出資のことを、頭の中で計算していたのである。

「あら、そうなの」

と理恵は頷きながら、残りのお金は私の知らない間に、貯金でもしていたのだろうかと思いながら、更に聞くのであった。

「そしたら、その会社設立手続きから府への申請手続きまで、全部自分でするつもりなの」

隆司は恰も理恵のその言葉を待ち受けていたように、ここぞとばかり得意げに、

「仕事の合間に俺も多少勉強したんや、定款の作成からその認証手続き、登記の準備からその申請という会社成立までの手続き、会社成立後の税務署への法人設立の届出、社会保険事務所への健康保険や厚生年金保険の届出、それから雇用保険の職安への届

出や労災保険の労働基準監督署への届出、それから最後に府への許可申請等総て自分でするつもりなんや」

と隆司は理恵の信用を得るために、自分の知っている限りの知恵をひけらかしたのである。理恵は、隆司が人から聞いて漠然と三百万円ぐらいの金の都合がつけば後は何とかなると、吹き込まれたのではないかと心配していて、それを確かめるためこのようなことを言い出したのであるが、この思いもかけぬ隆司の知識に聊か驚いたのである。理恵は建築会社の庶務課にいたので、直接隆司が言ったような仕事に携わったことがなかったのであるが、それでも時々一部の職員が話していたこのような言葉は、他人事のように聞き流しながらも、今も朧気ながら頭の隅に残っていたのを思い起こし、隆司も会社を興したい一心で、私の知らぬ間に余程勉強したのだろうと思うと、不思議にも、先ほどまで父の財産を無断で使おうとする隆司に対して、やりきれない思いと共に、心の中でなんて情けない人なんだろうと、泣き出したい思いすらしていたのに、ここに来て、その疑いは徐々に消えていき、警戒していた理恵の理性が突然崩れ始め、軈てころっと隆司に対する思いが変わってしまったのである。そして仮令一時的には父に対する裏切り行為になるとしても、なんとか隆司の思いを叶えてやりたいとさえ思うようになってきたのだ。隆司が事業に成功さえしてくれれば、屹度こんなことは笑い話になり、両親共々喜んでくれるような気にさえなってきたのである。

そこで理恵は隆司に対し、微かな笑みさえ浮かべながら、

「なんぼなんでも父が入院している間に、私だって母や姉等に相談もせず、土地を売ってお金に換えるなんてことは出来ないのは貴男だって分かっている筈よ。若しそんなことしたら私だってこの家に居れないもの。でも土地を担保にお金を借り、貴男の事業が上手くいった後で、銀行にお金を返せば担保は抹消出来るんでしょ。その程度の協力は私にだって出来ると思うの。貴男も私の知らない間に随分勉強しているようだし」

このように隆司に言いながら、他方心の中では、若し事業が上手くいかない場合には、それこそ大変なことになろうと大きな不安もあった。然し人生には時には賭けだって必要な時もあるんだわ、それが今かもしれないと思い直し、此処まで勉強している隆司に対し若し協力しなかった場合の結果の恐ろしさを思う時、やはり協力する以外にないと決心したのである。理恵のこの言葉を聞いた隆司は如何にも嬉しそうに、

「そうか協力してくれる気になったか、それでこそ俺の嫁さんや」

と理恵を持ち上げ、如何にも旦那気取りで、満面に笑みを湛えるのであった。ところが理恵が感心して心の警戒心を解いた隆司のこの知識というものは、実は隆司に共同事業を持ちかけた、兄の友人吉岡の知識の単なる受け売りだったのである。更に隆司は、

「担保に入れて融資を受けようとする場合、畑では一寸制約があるので具合が悪いのだ。何処か宅地で適当な土地はないかいな。俺は必ず事業に成功して借りた金は返し、担保を抹消してお父さんに喜んで戴くようにしてみせるから頼むわ」

「それなら家の前の道をずっと北に下がったところにある、農機具を売っているお店で梅村《うめむら》さんというのがあるでしょ、御主人は作造さんと言うんだけれど、あの作造さんとこのお店の北側にある土地はどうかしら、あそこに耕運機や小型トラックが置いてある場所があるでしょ。あそこは宅地の筈よ。担保に入れるだけやったら、そのままの状態でもよいのでしょ。あれは家の土地なのよ」

「え！　それほんまかいな」

話が具体化するにつれて、隆司は益々嬉しそうに身体を乗り出し聞き入るのだった。

「作造さんとこが使っているけど、以前父が私達の誰かが分家でもした場合には、あそこに家建てたるわと言って笑っていたのを思い出したわ。でも姉二人は他家に嫁いでしまったので、そのままになっている筈だわ。確かあそこは八十坪ぐらいあるとか聞いているわよ」

隆司は理恵の言葉を聞き、盛んに頷きながら、

「そうかそうか、一度法務局で調べてみるわ、固定資産の納税通知書がないかいな」

「明日にでも探してみるわ」

と今まで警戒していた理恵は、すっかり隆司に協力する気になっているのだった。

「作造さんとこ賃料払っているの？」

「そんなことまで私知らないけど、父はそのようなことには大らかな人だから、家を建てるまで使っていたらいいがな、ということだと思うんだけど」

「よし、それがお前の言う通りだとすれば、これで資金の目処《めど》が付いたことになるなあ」

と如何にも事業家気取りで力んでみせるのであった。

理恵はその隆司の顔を見詰めながら、今度はまた別の面から心配になりだした。

「ところで貴男一人で会社創るつもりなの」

「いいや、実は吉岡さんといってな、昌兄いの友人と一緒にするつもりなんやが」

その言葉を聞いた理恵は、

「そのこと兄さんご存じなの」

「いいや兄貴は全然知らない。吉岡さんは兄貴の友人でも、実は兄貴と商売敵なんや、だから兄貴が知れば多分反対するやろう」

「ええ？　なんでそんな人と一緒に会社を創ろうとするの」

「今の世の中じゃ、兄貴の考え方は古いのや」

「でも今まで兄さんと一緒にやっていて、そんな人と会社を創ったら、後々兄さんと揉めるのと違うの」

「そんなこと考えていたら何時までも兄の下で働き、何も出来ないやないか、今の世の中政治家と同じで、戦国時代みたいなもんと違うんか。勝てば官軍やで」

　と狡猾な野心家気取りで笑うのであった。

　理恵はこの隆司の言葉に少しばかり怖いものを感じながら、無下に反対も出来ず、

「それはそうかもしれないけど、でも会社が出来たら、何時かどうしても兄さんの御協力を得なければならない場合だってあるんじゃないのかしら、兄さんの場合はもう古くから会社を経営なさっていることだし、これは貴男と親しくなってから会社の人に聞いた話なんだけど、親会社の太幸建設の中でも兄さんの会社は下請けとして規模は小さいけれど、随分信頼されていたようだわ。兄さんの友人の吉岡さんという方、会社を創るの初めてなんでしょ」

「そら初めてなんやが、吉岡さんという人は何でもよく知っていて、兄貴よりよっぽど物知りなんや。若し会社を創って兄貴の世話になるようなことがあれば、その時はその時や」

　と隆司は半ば投げやり的な言葉を吐くのであった。この吉岡というのは、昌広と同じ工業高校の出身で、現在堺に住んで工務店をしており、住吉に住んでいる隆司の兄昌広とは同業者として時々顔を合わすこともあるのだが、真面目な職人気質の昌広と

違って、工業学校時代は比較的成績も良かったようでどちらかと言えば、小才の利いた男で、大工仕事は上手とは言えないが、人当たりのよい話し上手で、周囲の人を巧みに自分の考えに引き込む性格を持っている関係から、木訥な昌広とは余り馬が合わなかったようである。だが吉岡はこのような性格上、隆司に対しても心易く話しかけてくるので、何度か会っているうちに、若い隆司は同業者として対等に扱われることが無性に嬉しく、気難しい兄よりも寧ろ親しみを感じていたのである。隆司は結婚後久しく会っていなかったその吉岡と、或る日偶然にも、富田林の駅前喫茶店菊水で、向こうから親しげに声をかけられたのだった。

「やー隆ちゃんじゃないか。誰かと待ち合わせかいな」

隆司が顔を上げると、入り口から入ってくる人懐っこい顔をした吉岡の姿が目に入ったのである。隆司はその奇遇に驚いて、

「あ！　吉岡さん、その後御無沙汰しております」

「いやいや御無沙汰はお互い様や。その後昌兄貴の方は忙しくやってるかい」

「いえこんな時代ですので、忙しい割にはパッとしませんけど」

「いや忙しいのは何より結構なこっちゃ。ところで君は東田さんという結構なとこへ婿入りしたそうやないか」

「え？　そんなこと誰から聞かれたんですか」

「風の便りという奴や」

「風の便りですか、風も色々な便りをするもんですな。別に結構というほどのことはありませんけど」

「東田先生とこの、一番下の理恵お嬢さんと結婚したんやてなあ」

「え！　そんなことまで」

「そらそうやがな。東田さんというたら、あの辺では有名な旧家やがな」

「いや本家と違いますよ」

「なんぼ本家と違ういうても大したもんやで、ところで東田先生脳梗塞で入院されているそうやな」

「何でもよう知ってるんですな」

「いや実はな、大分昔の話やが、あの隣の原田《はらだ》さんというお宅の補修に行ったことがあるんやが、その折、道路の件で東田先生には御世話になったことがあるんや。それ以来御恩のある先生のことだから気になり、その後どうされているか色々聞いているんや」

「そうだったんですか、それは全く奇遇ですなあ」

「それで先生、どんな状態やねん」

「お陰でもう大分回復してるんですけど」

とは言ったものの、仕事を理由にもう大分長い間見舞いにも行ってないので、いい加減に返事しておいたのだが、吉岡は真剣に話を続けた。

「そうかそれは良かったなあ、確か奥さんも先生やったな」

「そうです。母の方は毎日午後になると、父のリハビリのため病院に通い詰めですわ」

「そりゃ大変やなあ、でも良くなってこられたからよかったなあ。ところで、隆ちゃんはこれからも兄貴と一緒にやっていくつもりかいな」

「さあー実際のところどうしようかと考えていますねん」

「兄貴の親会社太幸建設、あれは堅い会社やけど、兄弟三人同じ会社の下請けにいるのもええけど、その反面一寸しんどい面もあるな」

「そりゃこの不況時、親会社が引っ繰り返れば、三人共倒れになるなあと思う時があります。だから僕も何時か独立して別のとこを開拓する必要があるな、と思ってますねんけど、未だ一寸若過ぎますしなあ」

「隆ちゃんの歳になりゃ、若過ぎるなんてことあるかいな。隆ちゃんにほんとにそんな考えあるんやったら、どうやろう、僕も丁度会社創ろうと思ってるところなんや。共同出資出来る相手を探してるところなんだが、僕でよければ一緒にどうやな。と急に言ってもなんやけどな」

この言葉に、一瞬心を動かされた隆司だが、余りにも突然の吉岡の言葉に警戒して

か、

「そうですね。僕も養子の身ですから、今のところ自由になる大金なんてありませんしなあ」

「そらそうやな。無理に誘うわけにもいかんしな」

「ところで会社を創ろうとすると、一体どのくらいの金が要るんですか」

と隆司が聞くと、此処で吉岡は目を輝かして、ここぞとばかり熱を帯びた口調で話し出すのであった。

「せやな、同じやるからには、会社として、どうしても大阪府の建設業の許可を受けておく必要があるし、そうなると特定の場合には、一級建築士の常駐や自己資本四千万円と、とてもその条件から考えて無理な話や。そこで一般建設業の場合なら、自己資金五百万円、技術要件としては工業学校の建築科を出てから五年、経営経験も五年以上となっているので儂は勿論問題ないが、隆ちゃんの場合でも、兄貴が会社創ってもう十二、三年は経っているし、隆ちゃんも二級持ってるんやし、社長とは兄弟関係だから、多分もう五年以上取締役として登記されてんのと違うんかいな」

「え、一応登記簿上取締役ではあるんですが」

「そしたら隆ちゃんも、単独でも建設会社許可申請の要件が満たされていると儂は思んやがな」

「そうですか」

「そうやで、若過ぎることなんかあるかいな。問題は金や。最低五百万という自己資金がどうしても必要なんや。この五百万については金融機関の預金残高証明が必要なんや。法律では会社の出資額規制がなくなったので、資本金は本来幾らでもよいのやが、府の許可申請を受けるためには、どうしても最低それだけが必要なんや。一旦登記簿上資本金五百万円と記載されれば、その後は其処から経費の支払いをしても、早い話が五百万円が切れてもかまへんことになるんやが、またこの府の許可を受けておかんと、大きな会社の下請けには入ることが出来ないんや」

「僕もその話は間接的に聞いて、うすうす知っては居りましたが、独立するつもりなんか全くなかったし、そんなことは兄貴に任せきりでしたので、そうすると許可を受けた後の経費の支払いは、その自己資本から引き出すとして、それまでの定款認証や設立登記申請までのゴチャゴチャした経費等を含めて六百万ぐらいの金が必要ということですね。共同出資ということになると、三百万あまりのつもりあればいいわけですか」

吉岡は意味ありげに笑いながら、

「ま、そういうことになるなー」

このように一ヶ月前、偶然出会った吉岡との会話が、日頃隆司が兄から独立しようとする思いの事業熱を煽ることになったのである。

　このような話を何時切り出そうかと隆司はその機会を狙っていたが、図らずも或る日の夕食後、ぼんやりとテレビを見ている理恵以外に部屋には誰もいないのを見すますと、突然このような話を切り出したのであった。だが用心深い理恵は更に尋ねるのであった。

「ところで吉岡さんも出資なさるの」

「そらそうだよ。これは吉岡さんから切り出した話なんで、共同出資ということだから折半ということになるやろう。これが上手くいくと今の俺の立場と違って、必ず皆に社長夫人か又は専務夫人と言わせてみせるから」

「私、そんなものになりたくないわよ。貴男のことだから間違いないと思うけど、吉岡さんという人大丈夫なの」

「馬鹿言うな！」

　と隆司は急に大声で怒鳴った。理恵は慌てて此処で詮索するのはまずいと思い、話を逸らすのであった。理恵としたら、隆司が事業熱に燃えて、単独で事業を興すのであれば、自分も出来る限り協力しようと一時は思ったのである。隆司の兄ですら反対しそうな相手との共同出資ということで、理恵は一層心配になり出したのだが、今のこの家の状態でゆっくり母とも相談出来ず、だからといって、こんなことを姉等に相談すれば、反対することは目に見えているのである。

だが隆司はその後この件について、兄の会社の仕事が忙しいのか、不思議にも何も言わなくなっていたので、こちらから言い出すのは却ってまずいと思い、そのままにしておいたのである。ところが一ヶ月ほど経った頃に、何処で頼んで作って貰ったのか、大きな檜の板に、恰もこんな会社を創るんだと言わんばかりに『株式会社南光建設』と鮮やかに毛筆で書かれた、幅三十センチ長さ七・八十センチもある見事な看板を、何時の間にか玄関に置いているのである。それを家族の皆は、見ているのだが、それについて何も言い出す者もなく、どう思っているのか、母ですら見て見ぬ振りをしているようにさえ思えた。

この家族に無視されたような状況を見ていると、隆司がなんだか可哀想になり、遂に理恵は心を決めて、父が仏壇の引き違いの中に入れて大切に保管している数通の権利書の中から、自分が言い出した土地の権利証を、抜き取り、父の実印と印鑑証明及び自分が独身時代に貯めた三百万円の貯金まで引き出し隆司に渡してやるのであった。勿論理恵は、父が重要書類を何処に入れていたかは知っていたが、それだけは隆司には言うまいと心に決めていたのである。だがその後隆司はこの話には全く触れることもなく、そっと看板だけを置いて黙っている姿を見ていると、理恵は堪えがたくなり、遂に隆司の望みを叶えてしまったのであった。この同じ愚を、二度と犯すまいと心に誓い、事業資金は出来るだけ多いに越したことがないと考えて、自分の持ち金も併せて出してやったのである。そして思うのであった。父の土地が無断で担保に入れられたことが発覚した場合の責任は、総て自分が負う覚悟であった。また事業が上手く軌道に乗って、無事に土地が残ったとしても、父の性格からは、それが単なる笑い話で済むかどうかも理恵にとっては大きな賭けでもあった。また如何にお嬢さん育ちと言っても、建設事業の厳しさは、同じ業種の会社に勤務していた関係上、その成功例より失敗数の確率が高いこと十分認識していたのであったが、理恵とすれば、このようなことで隆司との愛の亀裂や、家中の平和の障害になるようなことに堪えられなかったのである。

だが、理恵の熟慮の結果決めた隆司に対するこの思いやりの出資も、実印の返還だけは受けたが、そのお金がどのように使われたのかは全く不明なのである。だがその後父の土地を担保にいれ、事業資金として三百万の融資を受けたことは暫くして、銀行からの土地所有者宛の確認通知書によって分かったのであるが、理恵に対し事業資金として、どのように使ったかは全く知らされないのである。だが彼女にすれば色々と考えた末、夫のたっての頼みを結果的に聞き入れ、夫の事業を助けたいと言う思いと同時に、父の財産を無断利用したことで、あの優しい父の怒りを買うことになるかも知れないという思いの狭間の中での決断であり、そのことが今の家庭内の紛争を回避出来る唯一の道と判断し、それこそ理恵にしてみれば当に究極の選択として採った方法であったのである。だからこそ自分が独身時代に働いて得たお金まで提供し、尚それでも足らない場合に父の財産に手をつけるようにとの暗示をも含めたものであったのだが、あれほど事業資金を欲しがっていた隆司が、その後目的通りその金を使ったのかどうか、一切理恵には話さないのである。これには流石に気の良い理恵でさえも腹に据えかね、隆司に対してそれを確かめようと口にまで出かかるのだが、父の病気のこともあり、家庭の平和を乱すことを恐れてジッと堪えたのである。つまりそれを詮索することによって、もうこんなことにもある程度理解出来る年齢に達している二人の娘の耳に入っては、それこそ大変だと考え、更にそれにより夫婦間の破綻が生じることを非常に恐れたからである。ただ今後追加担保が必要だとして、再び土地の権利証を求めるようなことがあれば、それを認めることにより、取り返しの付かない東田家自体の崩壊となるものと考え、一切応じないものとして心に決めていたのである。

ところがどうしたのか、相変わらずその後も玄関脇に立てかけられた『株式会社南光建設』の看板は、依然としてそのまま放置された侭になっているのである。これを見ても理恵は口には出さないが、隆司が言っていた会社建設の問題は、多分その後も全く進んでいないものと思えるのである。理恵は隆司に今にも詰問したい衝動にかられながらも敢えてそれを抑え、心では融資を受けたお金や、私の渡した三百万円のお金は、一体何処に消えたのかと思い悩むのであった。だがやはり隆司はその後も、今までと同じように兄等の下で働いている様子であり、今では家に入れていた兄の会社から受け取る給料さえも全く家に入れない有様である。

東田家の通常の生活費の支出は、健太郎が倒れて以来、母に代わり全て理恵が行い、理恵は隆司の給料の半額を子供の学費及び貯金に充て、後の半額と両親等の受けとる年金の半額ずつを隆司の小遣いを含めた生活費や医療費に充てていたので、比較的潤沢な生活が出来ていたが、最近では両親の各年金の半額だけでやりくりしている有様であり、これについて理恵は隆司に対し全く請求もせず彼の良心に任せているような状態なのである。ところがある日掃除のついでに悪いと思いつつ、隆司が仕事に使っている机の引き出しをそっと開けてみると、銀行からの融資分か、それとも理恵の都合した現金の三百万円の分についてであろうか、何れにしても会社設立のための出資金として吉岡に渡したことは、吉岡手書きの受取証によって明らかになったが、未だ会社が出来ていないところをみると、理恵が心配していたように、吉岡が使い込んだように思えるのだ。

事実この件については、隆司も再三吉岡に会社設立の確認を求めたが、結局彼には会社設立の意思など全くなく、隆司は彼の甘言に乗ったことを知り、やむなく出資金の返還を迫ったが、吉岡は何に使ったのか返済の資力もない有様で、隆司としてはそれを理恵に言えず、また兄弟にも相談出来ず、あれほど偉そうに言っていた共同出資による会社設立の夢は、断たれてしまって、自分ではどうすることも出来ずにいた。そんなことを知らない取り巻き連中は、隆司が会社設立を吹聴していただけに、馴染みの飲み屋に行っても、社長社長と煽てられ、どうにも引っ込みがつかずに外観は如何にも羽振りの良いところを見せ、内心は自暴自棄になって自分ではあまり飲めない酒を飲み、周囲の者にも酒を振る舞い、事業資金として得た残りの金も、使い込む羽目になっていたのである。というのはこのような生活が続いている中に、何時しか居酒屋の従業員寿子《ひさこ》といい仲になってしまい、前後の見境もなく、事業のために融資を受けたお金の一部をこの女に貢いでしまったのである。この寿子という女は、隆司より二つばかり年上で美人というほどではないが、奄美大島という南国生まれながら、不思議にも色白で切れ長の目をした姉御気質の性格をしていて、隆ちゃん隆ちゃんと何かにつけて隆司をリードしているのである。隆司にしてみれば、一方において子供染みた野心家を気取りながら、他方では小さい時から両親を失い長兄夫婦に育てられて、甘える時期もなかった関係もあり恰も母親に対するのと同じように寿子に接し、その奇妙な愛に溺れるという矛盾した意識の中で、彼独自の安らぎと自由を得ようとするのであった。だから理恵に対しては、旧家としての格式を守る両親と同居しているので、外観上は虚勢を張って一廉の落ち着いた亭主ぶってはいるものの、この寿子との関係では、全くそのような虚飾の必要もなく、極めて思いのままの生活を楽しみ、寿子もまた彼を恰も幼い弟をあやすように、世話もかかるが自分の掌中に入れて楽しむような思いもあり、これがまた、隆司にとっては実に心地よい思いに浸ることが出来るのである。そのような思いを寄せる隆司に対して、寿子は或る日突然、

「隆ちゃん、百万円ぐらいなんとか都合付かないだろうか」

とこれもごく自然に、にんまりと微笑みながら囁かれたのである。その時隆司は、丁度銀行から事業資金の融資を受け、使い勝手の好いように、自分名義の銀行口座に振り込んでいた三百万円があったのだが、その寿子の依頼に対し、恰も母親に対するように、勿体を付けながら、

「なに？　百万円、もうそんな大金在るはずないやないか、事業に総て注ぎ込んでいるので、俺の手元には何もないんや。一体その金何時までに要るんや」

と答えたので、寿子にしてみれば、何時までに要るんだと隆司が聞く以上、全く貸さないわけでもないんだなと思いながら、

「そらまあ早いに越したことはないの、だけど事業を興そうとしている隆ちゃんに、このようなことお願いすんの悪いわね。誰か別の人に当たってみるわ、御免ね」

このように言われてみると隆司は、自分の存在が無視されたような気がして、そのお金がどのように使われるのか聞くこともしないで、

「そうかい、でもそんなに必要な金なら、なんとか積もりしとくわ」

「でもそれじゃー悪いわ。折角隆ちゃんが事業にと思っているのに。今言った借金の件忘れてね」

寿子は隆司に対する借金の依頼を撤回することによって、逆に隆司の性格として、屹度その金を都合するものと信じていたのだった。案の定隆司は、この言葉を聞くと寿子に対し、

「そんなに必要な金なら俺何とかするがな」

寿子は内心占めたと思いながら、

「そう、でも決して無理しないでね。でもねえ、やっぱり隆ちゃんが都合付けてくれたら、私とっても助かるの。ほんとに御免ね」

隆司は男気を見せるのは、この時とばかり、

「いいよ、いいよ、何とか工面するから」

と言いながら、これで寿子も、今後俺のどんな難題でも聞いてくれるように思いながら、徐々に心の中で、自分の言葉に自己陶酔するのだが、寿子も亦この金の件については、これ以上頼まなくても、屹度隆司の方で何とかして、用立ててくれるものと確信するのであった。

寿子とこのような約束をして家に帰った隆司は、家族、殊に理恵に対する後ろめた

さを隠すために、逆にとりわけ尊大ぶった調子で家の戸を開け、一歩中に入ると、理恵と長女芳江《よしえ》がニコニコして出迎えた。隆司はさっきまでの、寿子との後ろ暗い会話の後だけに内心どきっとしながら、探るような目で二人を眺めるのだったが、どうしたことか今日に限って、理恵と芳江は共に嬉しそうに声をそろえてまで、

「お父さん、お帰りなさい」

と玄関に出迎えて挨拶するので、隆司は咄嗟にどのように返事をすべきかに戸惑いながら、ぶっきらぼうに、

「うん」

と全く気のない返事をすると、その隆司に対して芳江は、さも嬉しそうに、

「父さん高校入試パスしたよ」

と言ったので、隆司は一瞬ぽかんとしながら、次の瞬間、そうだ、芳江は高校入試を受けていたのだ。それをすっかり忘れていたのだった。自分ではあまり真剣に高校入試の勉強などしたことのない隆司は、芳江の進学問題など、相談にのったこともなかった。無責任にも、最初芳江の言葉が何を意味するかさえも分からなかったのだ。あまりにも隆司の気のない返事に、芳江は更に父に向かって言った。

「父さん喜んでくれないの」

やっとそれに気付いた隆司は、

「いや！　お目出度う。父さん仕事で忙しくて芳江の高校受験のこと、とんと忘れていたよ。御免御免それにな、父さんなんかはその当時誰でも合格出来る工業学校に入ったので、受験勉強なんか殆どしなかったのでね」

と言い訳するのであった。そして内心思うのである。なんて無責任な父親なんだろう。娘が一生懸命に受験勉強している間も、事業のための金を使い込んでは浮気のために走り回り、家族のことを顧みない、全くしようがない父親だ。娘が寝る間も惜しんで頑張った、その合格発表の日さえも忘れている全く酷い父親だと、この時は、流石の隆司も内心深く懺悔して、上辺《うわべ》は父親らしく大袈裟にさも驚いたように大声で言うのであった。

「そうかそうか、そいつはよかったな！　あの何とか言う有名な進学校やったな」

「石高よ」

「そうかそうか、あの石高（石川高校）だったな」

隆司のこの頓狂な大声と、如何にも仰天した顔付きを見て、理恵と芳江は声を合わせて笑うのであった。

この芳江が合格したのは有名な公立の進学校で、理恵の姉二人もこの学校の卒業生である。だから芳江は二人の叔母の後輩ということになる。この晩は、夫の看病に明け暮れていた祖母の和代も、久方ぶりに明るい合格祝いの家庭内パーティに加わり、夫が倒れて以来初めて、理恵に勧められて猪口二、三杯の酒を口にしたのである。この時和代は、一年数ヶ月ぶりに初めて心から嬉しそうに笑うのであった。

「芳江ちゃんお目出度う。お祖父ちゃんが倒れてから家の中もゴチャゴチャしていて、落ち着いて勉強も出来なかったのに、よく頑張ってくれたわね。明日にでもお祖父ちゃんのお見舞い旁々《かたがた》合格の御報告に行ってあげなさい。お祖父ちゃんも心配なさっていたから、大変喜ぶわよ。病気も大分よくなって、もう普通の健康状態と殆ど変わらないのよ。芳江ちゃんの合格聞いたら、屹度病気の回復も一段と良くなると思うよ」

「はい明日学校から帰ってから、お祖父ちゃんに報告に行きます」

それまで黙って姉の横に座りケーキを食べていた妹の智子《ともこ》が、突然大きな声で、

「うちも一緒に行く」

と言うのを聞いて隆司は、

「お前が言って、お祖父ちゃんに何を報告するんや」

と聊かからかい気味に言うと、

「うちも芳江姉ちゃんに負けんように、石高に入ることを、お祖父ちゃんに誓ってくるんや」

と言うのを聞いて隆司は、此奴と言わんばかりに、自分の行為による内心の苦渋と思い合わせて苦笑いしたが、智子の言い分を聞いて和代と理恵は大笑いするのであっ

た。特に祖母の和代は、負けん気の強い凜々しい二人の孫娘を見ながら、目を細めて言うのであった。

「二人とも偉いわね。二人で揃って行けば屹度お祖父ちゃんも倍喜ぶわよ」

と二人の頼もしい孫娘を見て目に涙を宿しているのであった。この様子を見ていた隆司も流石に心の奥で耐え難い慚愧《ざんき》の念に駆けられてのことだろうか。

「そうかそうかお前等は偉いなー」

と頼もしい二人の娘の心情に感じ入りながら、祝い酒で酔いの回った頭の隅で、明日か明後日には、自分名義で預金してある河南銀行の百万円を引き出して、寿子に渡さなければならないことに、一段と良心の呵責に苛まれるのであった。俺はなんと悪い父親なんだろうと、やや自嘲気味に思いながらも、どうしても自制出来ないほど、あの寿子の奇妙な母性愛と熟れた肉体の虜になってしまって今ではどうすることも出来ないのである。兎に角人間とは不思議な動物で、現在何不自由なく暮らしていることの家庭の中にあって、どうしてこんな背徳的な行為に出るのであろうかと反省しながらも、それを自ら抑止する決断もなく、またこんな状態が何時までも続く筈もないことを自分でも自覚しながら、軈ては世間の顰蹙《ひんしゅく》を買い、自らの人生の破綻がやってくるのを待つ以外にないのであろうかと、このように自覚の上に立つ自己矛盾をどうすることも出来ないのである。

翌朝隆司は、現場に行くのは少し遅れると会社に連絡すると、その足で早速河南銀行に出向き、顔見知りの銀行員を呼び出して、融資の話を切り出すと、前に設定して戴いた根抵当の極度額は五百万円でしたので、未だ枠内に少し余裕がありますから、何時でもどうぞということだったので、抵当権と根抵当権の区別さえも、はっきり理解していない隆司は、内心便利なものだなーと思いながら、

「何れ改めてお願いに上がるのでその折はよろしく」

と、さも忙しそうに言葉を交わしてから、寿子に渡す金を出すため、行内の自動支払機の前まで来て、ふとＡＴＭの初期設定の制限額を思い出し、先ず五十万円を引き出し、やむを得ず残り五十万円を翌日に引き出すと、寿子の家に急いだのである。今日はこの金を受け取るために、寿子は何時もより店に出るのを一時間ばかり遅らし、隆司が来るのを家で待つ手筈になっているのだ。二階建て文化住宅の二階南端が寿子の家であり、その住宅の前まで来ると『得田《とくだ》』と書かれた小さな表札を掲げた入り口の前で、インターホーンを押し隆司の名を告げると、それを待ち兼ねていたように、入り口を開け隆司を招じ入れて、

「無理言って済まないわね、隆ちゃん」

「いや、これ一昨日《おととい》言っていた金や」

と言って隆司が紙包みを渡すと寿子はニッコリとして受け取り、

「有難う隆ちゃん」

と中を改めることもせず、玄関脇に置いていたポシェットにしまい込んだのである。寿子が如何にも無造作にその大金を受け取る姿を見て、流石に隆司も啞然とするのであった。この金は、自分が冷や汗の出るような思いで都合した金であり、もしそれが家族に発覚し、女に貢いだ金だと分かった暁には、最早勘当されて、俺だって東田家には居れないのだ。と一瞬思いながら、それでもなぜか、隆司にはそんな心の思いを、寿子に言い出すことも出来ないのである。別に寿子に対して良い格好するつもりもなく、さりとて寿子が怖いわけでもないのだが、考えてみれば寿子の男勝りの性格と、その性格から来るのだろうか、なぜか隆司はその側にいるだけで、寿子には、男を甘えさせる雰囲気を醸し出し、世間的な心配を一時的にでも、総て忘れさせる不思議な魅力が備わっているように思えるのだ。この隆司の思いを本能的に察したかのように、寿子は笑いかけながら、

「隆ちゃん、今夜少しぐらい帰宅が遅くなってもいいのでしょ。仕事の帰りにでも寄ってくれないかしら、私もこれからお店の方に出掛けなければならないのよ」

隆司はその言葉を待っていたかのように、にんまりと意味ありげに微笑みを返しながら、それでいて、恰もその喜びを押し隠すように言うのであった。

「うんそらいいけど。俺もこれから現場に行ってみないことには、はっきりしたこと

は言えないが、携帯ででも連絡するわ」

と言いながら、頭の中では、現場から一旦家に帰るべきか、それとも直接寿子の家に来るべきか、家に帰った場合口実を付けて再度家を出るのは厄介だと瞬間的に頭を回転させるのであったが、寿子は恰もそれを見透かすように言うのであった。

「奥さんの方大丈夫なの」

「うん理恵は疑うことを知らない女や」

「そんな女なんかこの世に居ないわよ。こんなことについては女の勘は、隆ちゃんが思っているよりずっと鋭いものなのよ。それに賢夫人の和代お母様がいらっしゃることよ。隆ちゃん怖いのと違うの」

寿子は面白そうにからかい気味に、隆司の顔をのぞき込んで言うと、隆司は不快な表情で、虚勢を張って言うのであった。

「馬鹿いえ」

寿子はその言葉を聞き流しながら、

「じゃ隆ちゃん一緒に出ようか、私の方はあんたに時間を合わせるから、屹度携帯くれるわね」

「うん分かった」

二人は家を出て、隆司の軽トラに乗り込み、寿子は途中で降りて、各自目的地に急ぐのであった。

携帯で連絡した約束の午後七時前に隆司が寿子の家に来てみると、どうやら寿子は既に家に帰っている様子である。隆司から大金を受け取った手前もあってか、隆司のためにと腕によりをかけて、御馳走を作りながら待っていたのだった。寿子の一人暮らしの借家は手狭な2LDKで、入り口の格子戸を開けば、その音は奥の左側にある台所に筒抜けであり、隆司の来たことを知った寿子は、料理を作りながら大きな声で、

「ああ隆ちゃん！　お帰りなさい」

と恰も同居中の弟を迎え入れるような調子で、言葉をかけるのであった。これに対して隆司もまた恰も姉に甘えるような調子で、

「ああ只今、良い匂いしてるな」

「そう、今日は奮発して神戸牛のステーキよ、隆ちゃんに元気がないと困るからね」

隆司はその言葉を聞いて、

「ふふん」

と意味ありげに笑うのであった。然し考えてみると、隆司の養子先である東田家では、結婚して十五、六年になるが、日頃このような軽妙なやりとりの出来る生活会話は全くなかった。隆司にしてみれば、幼い時に両親を亡くし長兄夫婦に育てられ、子供の時から甘えるような環境にはなかった関係上、どうしてもこんな生活環境や日常

会話の方が似合っているのだ。

　昼間の労働で空腹な隆司は、寿子の手作りによる庶民的な、それでいて極めて豪華ともいえる夕食に満足感を憶えながら、すっかりそれを平らげた。一本のビールに陶然としながらテレビを見るともなく見ながら、寿子と話していると、昼間の疲れもあってうとうとと仕掛けた時、突然寿子のしな垂れかかる身体を驚いて支え、本能的にその体に応えるように性交渉に入りかけた。その時一瞬頭の隅に理恵や二人の娘の姿がちらっとよぎり抵抗感を感じて、行為を停止するかのような幻想を覚えたが、次の瞬間、寿子の積極的な欲望に引き込まれ、今度は大きな体で、自ら能動的に寿子の性の欲望をかき立てるような行動に出たのである。聽て二人は額に汗を滲ませながら荒い息遣いの中にオルガスムスの境地に入るのであった。このようにして二人は暫くそのままの体位で静かに息を整えながら、微かな虚脱感と共にさも満足したかのようにどちらともなく微笑むのであった。時計の針は既に十時半をすぎているのを見た隆司は、跳ね起きながら、

「俺帰らなきゃ」

「そうね、これ以上遅くなったら、賢夫人の理恵さんのお母さんに申し開きがたたないわね」

　と寿子は意地悪そうに笑いながら言うのであった。隆司の方は、帰宅時間が思いの

外遅くなってしまったので、さも心配そうに服装を整えながら寿子の顔も見ないで、

「そうなんだ。発覚すりゃ大変なことになる。理恵は兎も角、お母さんや理恵の二人の姉夫婦が怖いんだ。どれもインテリーだからな。兎に角倫理観や法律論を引き合いに出し、追い出されるだろう。皆が寄った時なんか俺は小さくなってるんだ」

「可哀想に」

「この頃じゃ俺の二人の娘だって怖いのだ。俺と違って良く出来過ぎるんだ」

「そしたら、家に帰れば怖いもんだらけやないの」

「だから俺はここに来て、少しでも君の腕の中で休みたいんや」

「しっかりしなさいよ。そんな泣き言ばかり言ってないで、益々遅れるよ」

「じゃ帰るわ、あの恐怖の館へ」

と早口にしゃべり続けながら背中を丸めるようにして軽トラに乗り込んだのである。

それを見送りながら寿子は『可哀想な隆ちゃん』と小さく呟きながら家の戸を閉めるのであった。

寿子のところから帰宅した隆司は恐る恐るインターホーンを押して、出来るだけ冷静な声で、

「只今」

と言いながら、今日は只今というのはこれで二度目だな、と可笑しなことを思い起

こして、如何にも急いで帰ってきたかのように、勢いよく玄関の戸を開くと、その時心配そうに奥から走り出てきた長女の芳江は、母親の理恵に代わって、

「随分遅いわね、もう間もなく十二時よ」

「済まん、済まん、一寸込み入った仕事の話があってね」

「それならそれで、携帯ででも連絡すりゃいいじゃないの」

その芳江の、父に対する少しばかり怒りを込めた甲高い詰問に、妻の理恵は、

「もういいじゃないの、お父さんだってお仕事で疲れてらっしゃるのよ」

その言葉に合わせるように、祖母の和代は、

「芳江ちゃん、明日の勉強大丈夫なの」

聡明な芳江は和代の胸の内を察して、

「はいお祖母ちゃま、もう止めておきますわ」

とニッコリ笑いながら自室に引き上げて行ったのである。隆司は自分の帰宅の遅いのが先ほどまで家中で大きな問題になっていたことを悟り、如何にも罰が悪そうに養母和代に向かって、

「どうも遅くなって、心配かけて済みませんでした」

「仕事の打ち合わせじゃしようがないわね。処でお食事は」

と尋ねられると、隆司は益々バツが悪そうに言うのであった。

「はあ、済ませてきたのですが」

と言って、チラッと妻の理恵と顔を見合わせるのであった。そして隆司はいよいよ背中を丸めるような格好で、

「ではお先に休ませて戴きます」

と言って、風呂にも入らず寝所に行くのであった。それがせめてもの和代に対する、ささやかな抵抗であるかのように。十二畳余りのダイニングキッチンに残った和代と理恵はテーブルを挟んで、和代はポツリと理恵に向かって言うのだった。

「最近隆司さんどうかしたの」

それに対して理恵は、つい真実が口をついて出かかるのをジッと堪えて、未だ父の健康状態から考え時期が早いと思い、

「この頃不景気でしょ。だから少しの仕事でも取り合いなの。中々建築の下請け工事もないらしいのよ。母さんは父さんの看病で疲れているんだから、あまり気にしないでね」

「そらまあ私が気にしたって、どうなるわけでもないでしょうが」

と言って、聊か心配そうな面持ちで寂しそうに笑うのであった。その気持ちを察した理恵は微笑みを返しながら、

「母さん遅くまで御免ね。疲れているんだからお風呂に入ったらどう」

「そうね。じゃそうしようか、お前には悪いが」

「いいのよ、ほんとに遅くしたわね」

「お前こそ疲れているのに」

と言いながら立ち上がり、風呂場に行く母の後ろ姿を見送りながら、お母さん嘘をついてごめんなさいと心の内で謝りながら、テーブルに頬杖を突き、ぼんやりと虚空に瞳を投げかけて考え込むのであった。

理恵にしてみれば過日隆司に請われて、別にその言葉を全面的に信じたわけでもないが、疑いを口にすることによって、夫婦間の亀裂や両親に余計な心配かけることを極力避けるために、悪いことだと十分知りながら、隆司の言う抵当権を設定して、融資を受けるだけならばと自己弁護までして、父所有の権利証とその印鑑及び印鑑証明書を渡してやったのだが、今となっては、自分のした行為が悔やまれてならないのである。そのお金が本当に事業のために使われたのならばまだしも、隆司のあの様子では、どうも事業に使われたようには思えないのである。だがそれを確かめることによって、隆司から返ってくる言葉が分かっているだけに、又それによって起こる家庭内の状況が想像出来るだけに、確かめる決断が付かず、何時その事実が母に分かってしまうか気が気ではないのだ。それを考えると最近は、理恵にとって毎日が針の筵に座らされて居るような思いで暮らしているのである。

六、出奔

隆司はこの日を境にして、自分の行動が家族全員に疑われ始め、常にそれが家族の話題になり始めたことを悟った。特に今夜の和代の言った、『仕事の打ち合わせならしょうがないわね』と言う捨て台詞とも思える言葉の中には、本当のことは分かっているのよ、という隠された言葉があるように思え、隆司の胸に深く突き刺さった。それと同時に、長女芳江のこましゃくれた怒りを込めた詰問は、理恵の心中を代弁しているように思えて、流石の隆司も一晩まんじりともしないで、家族の顔を一人一人思い浮かべながら考え続けるのであった。夜中遅く寝室に入ってきた理恵は、その後も寝付かれないのか、微かな寝息すら聞こえず、布団の中で悩んでいる様子であった。隆司はその原因が総て自分にあるだけに、言葉のかけようもなく、時間だけが過ぎていった。寝付かれないままに隆司は思うのであった。一体なぜこんなことになってしまったのか。考えてみれば、俺の育った家と全く環境の異なるこの家で、俺も又今日までよく辛抱してきたもんだ。事業資金を捻出するために、養父の権利証で不動産を担保に入れた時までは、兎に角事業を成功させて、この東田家の連中と対等の地位を築きたい野心から出たものであったが、それがまさか兄の友人吉岡の共同事業という甘い囁きによって謀られたことが、そもそもの失敗の始まりだった。俺が東田家の財産を当てにしたことは事実だが、然し今思えば、俺の実家と全く家風の違う家中で生きていくことが、実際に生活していく上でどんなにしんどいものか知らされた思いでもあった。養父母の前では不快な思いをさせないように、何事も俺なりに細心の気配りをしてきたのだ。最近では哀れにも、成長してきた娘の前ですら馬鹿な親だと思われまいと、実の親であるこの俺が、緊張さえしているんだから可笑しなもんだ。勿論理恵の両親は、俺を大切にしてくれたことも分かるのだが、俺も妙な性分で、そのようにされればされるほど、その期待に応えようと余計に緊張するのだった。養父が倒れるまではこのように、この家の家風に合わせ養父母に好感を持たれるように必死に努めて、実際心の安まる間もなかったような気さえするのだ。その思いが養父の長期の入院により一気に逆り、息抜きした結果が、あの寿子との関係に陥ってしまったような気もするのだが、それが寿子と一緒に居る間はなんの気遣いもなく、俺の心が実に安まるんだなあ、俺は多情な男なんだろうか、理恵とは正反対の性格であるこの寿子とも、今では離れられないのだ。ただ自分の体面と事業への欲望だけなら兎も角、こんな思いを持った以上、もう此処には居れないだろう。いや居たとしても、養父母や理恵や物心の付いた二人の娘の前ですら、犯罪者のように卑屈な思いで暮らさなければならないだろう。如何に東田家の財産に惹かれ、理恵に惚れて養子に来た俺だって、もうこれ以上此処に居るのは堪えられないとの思いに至り、ついに家を出ることを決心したのである。隆司は今になって初めて、仮令金がなくても、面白い時には腹を抱えて笑い、腹立たしい時には夫婦で罵り合って生活するのが自然であり、本来の俺の性格に似合っているんだと思った。それが俺の生まれ育った家庭環境なんだからと考えているうちに、ふと横を見ると、もう布団の中には理恵の姿はなく、雨戸の隙間からは微かに朝日が差し込んでいたので、もう朝かと思いながら、俺は昨夜一睡もしないと思ったのに、悶えながらも朝方にはすこしは眠ったのだなと気付いて飛び起きると、家族と顔を合わせて気まずい思いで朝食もそこそこに、何時も通り軽トラに乗り込んで出勤した。家族の誰もが昨夜の話に触れることもなく、それから丁度三日目の朝を迎えて、この日も隆司は何時も通り午前七時過ぎ、黙って愛用の軽トラを運転して家を出た。だがこの日は夜の十一時を過ぎても隆司からは何の連絡もなく、いらいらしながら隆司の帰りを待っていた家族は、遂に夜の十二時過ぎても携帯による連絡さえもないので、流石にこれは何か事故でもあったのではないかと、理恵を始め家族のものが心配しだした。そこでひょっとすると、隆司の実家の方で何か知っているかもしれないと思い、母の和代は、

「御迷惑だろうが、こんな時だからそんなことも言ってられないわね」

と理恵に電話するように勧めた。理恵は早速隆司の実家である長兄の昌広に電話をかけたところ、早速電話口に出てきたが、

「え！　未だ帰ってないんですか？　おかしいですな、今日は現場は三時過ぎに仕事が片づいたので、隆司は帰った筈ですがねえ」

と大変驚いた声で応答があり、更に続けて、

「早速私の方も心当たりを当たってみますので分かり次第連絡しますが、それまでにお宅の方に帰ってきたら理恵さんも連絡下さい」

と慌て気味に電話が切れた。その義兄の電話を聞き終わるや、反射的に理恵の顔色が変わった。それを感じ取った和代は、自分が慌てては理恵が余計に心配すると思って、咄嗟に落ち着いた声で呟くのであった。

「兄さんも御存知ないようね、一体隆司さんどうしたのだろうね」

「三時過ぎには現場を引き上げたらしいんだけど」

「え！　三時過ぎに、それじゃ何処かで友達とお酒でも飲んでいるんじゃないの」

「彼は酔うまでお酒を飲むほど好きじゃないと思うの」

「じゃ事故にでも遭ったというの？　車の免許証も携帯してることだし、事故なら何らかの連絡がある筈だわ、もう少し待ってみようよ」

「ええ」

と理恵はから返事したので、和代は、

「そんなに心配しなくたって、ひょっこり帰ってくるわよ」

そのような母の慰めも、今の理恵には全く運用しなかった。二人の娘は離れ座敷で勉強しているのか、この部屋に居ないことが理恵にとってせめてもの幸いであった。

和代は思うのである。夫健太郎が元気であった頃には、あれほど真面目な生活をしていた隆司なのに、何時だったか夫も心配して、あの真面目さが何時まで続くかだがと言っていたように、あの余りにも真面目だった姿は、今から思えばひょっとして財産目当ての、本性を隠した猫かぶりであったのだろうか。和代の心に、ふとそのように考えてはいけない猜疑心が起こった時、娘理恵が無性に可哀想になり、反射的に突然養子隆司に対する、強烈な憎しみが心の中をうねりだしたのであった。流石に日頃冷静にして温和な和代も、その思いをどうすることも出来ないのだ、そこで和代は傍にいる理恵の顔をそっと見ながら、

「理恵もう寝たら、怪我をしたなら警察から連絡があるでしょうし、それがないところを見ると、彼は日常の行動から外れたところに居るんだわ。そうとしか考えられないわ」

和代は隆司に対する腹立たしい思いから、昔の教員時代の思考と口調がつい出てしまったのである。気弱な理恵は、

「母さん御免ね」

　と目に涙を宿しながら謝るのであった。何時の間に来たのか長女の芳江が心配そうに、

「母さん親父未だ帰ってこないの？」

　この突然の芳江の声に、理恵が吃驚したように言った。

「芳江がここに来たら、智子もやってくるやないの。母さんは大丈夫だから早く寝なさい」

　その声を聞き流しながら芳江は、

「随分迷惑をかける親父やなー。帰ってきたら家族全員でつるし上げなきゃいけないわね」

　と何とかこの沈んだ空気を引き立てようと、悪戯っぽく目を丸めて言うのだった。

和代もその芳江の言葉を聞きながら、

「ほんとにね、芳江の言う通りだわ。家族がこれほど心配してるのにね」

　と言ったので、理恵の悲嘆にうちひしがれた思いも少しは晴れたかのように、少し笑顔が戻ってきたのである。そこで理恵は自分の思いを断ち切るように、

「母さんも芳江も、もう寝て頂戴、私も休みますから、何時まで待っていてもしょうがないから」

と言いながら理恵の脳裡には、最近の隆司の素振りから考えて、屹度誰か女が出来たことを本能的に嗅ぎ取っているのであった。勿論それについて確証があるわけではないが、だがそれは、女性特有の本能的な勘からくるものである。

父が倒れて以来、母が長期間付き添い、その限りない父に対する母の愛情の結果が、父に回復の奇跡をもたらし、我が家もやっとこれで明るい兆しが見えたという矢先に、今度は自分のことで、またも母に迷惑をかけることになるのかと思うと、理恵はやりきれない気持ちに陥るのであった。特に理恵が心配するのは、この隆司の家出を動機である隆司にせがまれて無断で父の土地を抵当に入れ、銀行から事業資金を借りていることが発覚することである。いや隆司がそれを事業資金として使っているのならまだしも、その金を女に貢いでいるとしたら、あの優しい父ですらどんなに怒ることだろう。その結果、再び父の体が悪くなったりしたらどうしよう。しかもこの土地を担保に入れることについては、自分も一役買ったことまでが家族に発覚すれば、誰もがこんな馬鹿なことによく協力したものだと呆れるだろうし、二人の娘にだって軽蔑されるに違いないと思うと、いてもたってもおれない気になり、後悔のため身が震えてくるのだ。理恵がこのような思いと闘っているのに、その後隆司からは何の連絡もなく、ここ一週間余り食事も喉を通らず、悩み抜いた末、遂に隆司の兄と相談し、最寄りの警察に届け出るとともに更に、業界新聞【建設なにわ】に尋ね人として、次のような記事を掲載して貰ったのである。

【尋ね人】氏名東田隆司、年齢四十三歳、×月×日午後三時過ぎ大阪府堺市の建設現場より帰宅中そのまま行方不明となり、×月×日親族より警察に捜索願を出されたのであるが、その後も当人と全く連絡がとれず、ここに我々大阪府建設連合協会としても家族からの要請を受け入れ、全組織総力を挙げて早期発見に協力すべく、各支部においても御協力願いたい。

として文書を送付し、顔写真と共に、次のような文書も併せて配布したのである。

行方不明の車種　いすずジェミニ〇〇年式、大阪No.00000
連絡先　同人妻　東田理恵
TEL　〇〇〇 〇〇 〇〇〇〇

ところがこれほど警察や更には建設業界の協力を得て、東田家と隆司の実家である中島家とが必死になって八方手を尽くして捜したにもかかわらず、その後の隆司の消息は全くつかめず、ただ無意味な日時だけが容赦なく過ぎて行ったのである。

七、その後

　隆司が失踪して三ヶ月ほど経過し、父も比較的元気を取り戻し退院してきていたので、父健太郎の土地を担保に入れ融資を受けた件について、何時までも伏せておくわけにもいかず、理恵は先ず母の和代に恐る恐る打ち明けたのである。

「母さん、私今まで黙っていたんだけれど、実は大変なことしてしまったの」

「大変なことって？」

「隆司の家出についてはもう諦めているんだけど、そんなことより、父さんに対して大変申し訳ないことをしてしまったの」

　理恵は口ごもって、聊か顔を青ざめながら切り出したのである。

「母さんが父さんの介護のために病院に行っている時、隆司に頼まれて父さんの大切な不動産の権利証一通を無断で持ち出し、それを担保に河南銀行から、隆司の事業資金のため融資を受けているの、隆司は儲けたら直ぐに返済するからと言うので、父さんの入院中のことでもあり、母さんにも大変な時に余計な心配をかけてもと思い、隆司も事業計画について色々話すので、ついそれに乗ってしまい馬鹿なことをしてしまったの。こんなこと何時までも隠し通せるものでもないし、父さんも元気になられたことだし、怒鳴られるのを覚悟で事実を話して謝ろうと思うの」

　それを聞いた和代は吃驚して、

「ええ！　またなんてことを、そんなことどうして私に相談しなかったのよ」

「今から考えればそうすべきだったわ。でも当時父さんの病気も未だあまりよくなかったし、母さんも看病で疲れている時だったし、とてもそのようなこと相談出来る状態ではなかったので、でも私も私なりに随分考えた末のことなの。御免ね」

「それはほんとに困ったわね。母さんが父さんに取りなしてあげてもいいけど、でも貴女が自分の夫のためにやむを得ずやったことだし、貴女自身の判断で父さんに謝る方がよいかもしれないわね」

「ええ私も悩んだ末覚悟は決めているから、その方がいいように思うの」

　これから父に謝ろうとする理恵は、仮令親子の間柄でも緊張して、母に話すようなわけにもいかず、顔色が幾分青ざめてくるのを自分でも気付くほどであった。

　和代はそれを察して、

「理恵！　父さんは冷静な人だから、このようなことで怒鳴るようなことは滅多にないと思うけど、でもね、お前も隆司さんのために、とんでもないことをしでかしたことについて、母さん同様、非常に驚かれることだけは間違いないわね」

「勿論私だってそれは十分分かっているの。まさか私がそんなことをするとは思ってらっしゃらないものね」

「じゃ自分で蒔いた種だから、自分で刈り取ることだわね。それが今のお前の責任というものよ」

「分かっているわよ。じゃあこれから父さんの処に行って許して貰えるかどうか分からないけど、謝ってくるわ」

和代は理恵の気持ちのほどを試すために尋ねた。

「父さんが許さないと言ったらお前はどうするつもりなの」

「それも覚悟しているの。一生かかってでもその償いはするつもりなの」

「その心がけさえあれば大丈夫よ。行ってらっしゃい」

和代はその理恵の覚悟の程を知り、父親の部屋に行く理恵の後ろ姿を見送りながら思うのだった。あの喘息持ちの気の弱かった理恵も、今ではすっかり強くなったわねーと、娘の成長を心強く感じながら、内心笑みを浮かべるのであった。

父の書斎をノックし静かに開くと、父は書見をしていたが、理恵の顔を見るなりニッコリと笑い、

「お、真面目くさった顔付きで何かあったのか」

と言うので、理恵は極度に緊張しながら、

「父さん、私父さんに謝らなければならない大変なことをしてしまったの」

「なんだ改まって、気持ちが悪いじゃないか」

と惚けた調子で理恵の次の言葉を待ち受けるのであった。

「私、父さんが仏壇の引き出しに入れていた不動産の権利証一通を持ち出し、それを担保にして、河南銀行長野支店から融資を受けたの」

その全く思いがけない理恵の言葉に、一瞬目をぎょろっとさせながら、

「その融資というのは、隆司の事業のためか」

理恵は次の瞬間を観念して、

「はい」

と短く、比較的はっきりした言葉で答えた。

「金額はどのくらいじゃ」

「土地を担保にして三百万円の融資を受けたことは知っているんですが、その後追加融資を受けたかどうかは知りません」

「どの土地を担保にしたのだ」

「作造さんのお店の北側の土地なんですけれど」

「事業資金の融資というのなら、多分根抵当権を設定したのだろうと思うが、極度額はいくらか聞いてなかったか」

「そのようなことは何も聞いていません」

「外に何も権利証は渡していないのだな」

日頃柔和な父の顔も、この時ばかりは話が進むにつれて、徐々に険悪になっていくような思いで、理恵もそれに応じて益々緊張しながら答えるのであった。

「はい、私が彼に協力したのはそれだけです。勿論彼は権利証の入れてある場所は知らない筈です」

考えてみると隆司という男は、大きなことを口で言いながら、何一つ自分では実現出来ず、総ての責任を私に押しつけてしまい、とどのつまりは失踪してしまって、実に情けない男だという思いと共に、自分が愛し自ら選んだ男だけに、今更ながら理恵は慚愧の思いに痛く苛《さいな》まれるのであった。

健太郎は理恵からこのような話を聞いて驚いたようであるが、流石に声を荒立てて怒ることもせず、理恵の話を聞き終わった彼は、大きく息を吸い込み、それを吐き出したかと思うと溜息交じりに、

「理恵！　分かった、お前もこんなことを心の内に仕舞い込んで大変苦しかったやろう。お母さんには話していたのか」

「いいえ、今日お父さんに話す前に、初めてお母さんにも話したの。隆司よりこの相談を受けたのが、未だお父さんの体が思わしくなかった時でもあったので、お母さん

も大変でとてもこのようなことをお話しする機会もなく、今日初めて打ち明けたの。そしたら自分で蒔いた種は自分で苅りなさいと言われて、今父さんの処に謝りに来たの。私だって隆司に対して甘い顔は見せなかったつもりなの、でもそのためにあの状況で、家庭内で争いが起きてはと思い、ついこのような結果になって、お父さんには大変申し訳ないことをしてしまって、お詫びのしようもないと思っているの」

　と流石に理恵も、最後には涙声になって謝罪したのである。それを静かに聞いていた健太郎は、

「そうであったか分かった。もう心配するな。金みたいなものは生きている限りどうにでもなる。その金が俺の命の代わりだと思えば安いもんだ」

　と言って、他に何も話そうとせず、ただ寂しそうに笑顔を見せるのであった。その時理恵は思った。父とすれば、勿論心中では隆司というのはなんという奴だと叫びたいのだろうが、それを口に出すことによって、私や二人の娘を傷つけ、家族の中に気まずい空気を持ち込むことを気遣っているのだろうと。理恵は怒鳴られるかと思って、緊張で体が縮む思いであったが、この父の言葉でやれやれと思う反面、恥ずかしさのためなんだか大きな痼《しこ》りが体の中に出来た思いであった。

　この話を父にして暫く経ってから、隆司に対する融資の件については、父が銀行に出向きどのように話を付けてくれたのか、兎に角全額弁済し根抵当権を抹消してくれ

たようであった。それは理恵が父に謝罪してからほんの一ヶ月後のことであったのだが、父は笑いながら理恵に向かって、河南銀行の件については、完全に解決出来たから、もう心配することは何もないと言ってくれたので、理恵は父のその解決の速さに驚くと共に、長い間悩み続けた犯罪者のような思いから、やっと解放された嬉しさと同時に、今度はその父に対して大きな負債を背負ったような思いで、その負債をどのような形で支払うべきかについて、解放感の中にも、やはり別の心の痛みを感じるのであった。

義父健太郎の土地を担保にして、結局四百万円程の金を手にして寿子と共に自由気侭な生活を求めて逃亡した隆司は、その後鼻の整形をし髪型も変えて、居所も転々と移しながら、平成六年の初め頃から、仕事の関係もあって尼崎に住んでいたのである。というのは、その時の大工仕事の相手方である長谷部《はせべ》が、神戸の長田区に住んでいた関係で、二人はペアになって、長谷部が引き受けてきた下請けの大工仕事を一緒にやっていた関係からである。

平成七年一月十七日、この日は十五日の日曜日より三日間、仕事の都合で空きが入り、翌十八日以後着工する予定の請負工事の段取りが、長谷部から連絡されることになっていた。だから隆司は、午前五時頃には未だ寝床の中で、うとうとと夜明の夢を見ながら微睡《まどろ》んでいたのである。その時突然ゴオーという物凄い音がしたかと思うと、家全体がガタガタと揺れ出した。一瞬何が起こったか判らず、寝惚けた眼で反射的に飛び起きた瞬間、棚にある物が落ちだし、おろおろしながら地震だと直感したのはほんの数秒後のことだが、隣でよく寝ていた筈の寿子が、突然怖いと一言悲鳴を上げると、隆司の体にしがみついてきたのである。二人はどうしていいのか判断に迷い、再び布団に潜って抱き合いながら、互いに体を硬直させて、地震の揺れに身を任せて震えていたのである。棚の上からはその後も次々と物が落ち尽くし、大きな箱らしき物がドーンと二人の上に倒れ掛かってきた時にはこれで駄目かと思ったが、幸い分厚い冬の掛け布団のお陰で、一瞬重たい！　これはと感じたが、不思議と二人は痛みを感じることもなかった。聽て部屋中の倒れる物は総て倒れ尽くしたと思われた頃、やっと上下動の地震の揺れが収まったように感じられたので、恐る恐る亀が甲羅から首を出すような思いで布団から首を出してみると、二人の上に倒れていたのは洋服ダンスであることを知り、今更ながら命拾いした思いでほっとするのであった。

「これは酷い地震やなあ」

と隆司は寿子に呼びかけると、布団の中で縮こまっていた寿子は一瞬上気した顔で

「うちもう死ぬかと思った」

と言いながら、今更ながら二人はお互い怪我もせず、何とか地震も終わって無事を確認し合い、その幸運を喜び合うのであった。余震が来るのを心配しながら、どのく

らい時間が経ったであろうか、ふと見ると、不思議にも床の間においていたテレビだけは、定位置より随分移動しているものの、スイッチを入れてみると早や神戸地方の地震の状況を報じていたのである。散乱した家具や衣類の山の中で、未だ体の震えが止まらない二人は、再び襲って来る余震に怯えながらも、目だけはテレビの画面を凝視しているのだった。そのニュースによると、マグニチュード七・二の直下型大地震は、兵庫県の長田区や兵庫区に大被害をもたらしたことを報じていた。暫くするとその映し出された映像の中には、壊れたビルやマンションそれに鉄道、その中でも普通ではとても考えられない、あの阪神高速道路までが倒壊し、その恐ろしい生々しさが目に焼きついたのである。

これは大変なことになったぞと思う反面、兎に角自分の住居周辺がどうなっているのかと思いながら、その安堵の中で、なぜかふと隆司の頭の中には、一瞬あの自分が八年前に逃げ出した養子先東田家の安否が気遣われ、理恵や二人の娘の顔が頭の中に浮かび妙に気になりだした。この地震でもしかしたら、あの家族は被害を受けていないだろうか。若しそのようなことがあれば、俺はどんな犠牲を払ってでも助けに行くかもしれない。俺はこの傍にいる寿子を愛するが、でも今だってあの東田家の理恵や二人の娘のことは忘れようにも忘れられないのだ。実に矛盾した妄念だが、こんな考えは俺の多情故だろうか、いやどんな人間だってこんな矛盾した考えをもって生きて

いるんだが、ただそれを行動に表さないだけのことだろうと考えている時、突然寿子が大声で、

「あんたこんな時何をぼうっと考えているのよ。これはえらいことになったわよ。あの長谷部さんとこ、屹度やられてるわよ。あの長谷部さん死んだらあんたどうにもならないのよ」

　寿子のその声に、隆司は妄念の世界から一変に現実の世界に引き戻された。こんな時女の方がよっぽど冷静で現実的やなと思いながら、

「そうや！　彼は長田区やったな」

　と言って、テレビの画面を見ながら、

「長田区がこんな大きな被害を受けている以上、彼奴の家もやられてるかもしれんな。彼奴は俺の恩人や。今の俺があるのは彼奴のお陰や。彼奴が死んだら忽ち俺は困るんや。今まで何事も彼奴と助け合ってやってきたんだからな」

「そうよ、あの人はあんたの大恩人やないの」

「そうや、あんないい奴は今時おらんと思っている。俺が失踪者だということだって知っていても、そんなことは曖《おくび》にもださず、付き合ってくれているからな。処でこの近所は一体どうなってるんや」

　と言いながら、きしんだ窓を引き開けてみると、近所の家の外観にはあまり異常も

見当たらないようである。

「あんた！　家の中片付けたら長谷部さんとこへ見舞いに行ってみましょ」

「行ってみましょって、お前も一緒に行くのかいな」

「余震が来るかもしれないのよ。こんな家に一人で居れというの。怖いわよ。それとも私と一緒じゃ邪魔なの」

「馬鹿！　そんなこと言ってやしないじゃないか」

「じゃあ私も一緒に行く。こんな時一人で家にいたら余計に怖いじゃないの」

「しゃーないな。じゃ一緒に行くか、何事も俺とお前は一蓮托生、死なばもろとも、地震も何のそのか」

　と言いながら隆司は立ち上がった。寿子は隆司のこんな言葉を聞き流しながら、

「あんた何をブツブツ言ってんの。車どっちにすんのよ」

「そうやなーこんな時は、どうせ傷むのん覚悟で乗って行かなきゃならんから、ポンコツの軽トラにするか。その方が必要な時物の運搬も出来るしな」

「途中エンコしないの」

「その時やその時さ」

　と言う隆司の言葉を聞きながら、寿子はもうさっさと軽トラの助手席に乗り込もうとしているのである。驚いた隆司は、

「おいおい、家の片付けどうするんや」

「ああ家の片付けね、あんなもん帰ってからでも出来るでしょ。それより一刻も早く長谷部さんの安否を確認しに行きましょ。その方が大事よ」

それを聞いて隆司は、此奴は情に厚い女やなーと感じ入りながら苦笑いして、寿子に釣られて車に乗り込んだのである。

寿子という女は自分のために、人の助けを安易に求めようとする代わりに、時には己を犠牲にしてでも、恩義のある人には報いる一寸浪花節がかったところもあるんで、比較的皆んなから好かれるんだなと思いながら隆司は、俺は失踪中の身で、未だに寿子を入籍さえしていないことを知っていて、それを一度だって俺に責めることもなく、近頃は隆ちゃんとは呼ばないで、あんたと呼んでいるのは、言わば俺に対する亭主としての敬称の意味もあるんかもしれんな、其れも寿子の一種の浪花節的発想から来てるんかなと、考えながら運転している時、突然寿子は、

「あんた長谷部さんとこ食事に困ってるかもしれんよ。何か買っていこうよ」

「そうやな、今日はゆっくり飯どころやないわな。飯の代わりに手っ取り早いパンと牛乳でも買っていくか。ところでこの地震の直後や売ってるとこあるんかいな」

「そうね、この辺はあんまり被害もないわね。一寸そこの角で停めて」

「よっしゃ」

寿子は車から降りて近くの商店街のパン屋に駆け込んで行った。隆司はあの窮屈な東田家の女性達より、生活していくにはこんな女の方が、肩が凝らず俺の性に合っているんだなと思いながら待っていると、寿子は大きなビニール袋をぶら下げて小走りに戻ってきた。その袋には五人家族の長谷部一家が、三日間ぐらいは大丈夫と思われるほどのパンと牛乳を買い込んできたのである。

「売ってたんやな」

「陳列の方は、ガラスが割れて駄目だったが、別に保管してあったのは大丈夫みたいだったよ」

「そうか、それはよかった。出発するぞ」

「はいどうぞ」

車が走るにつれて、地震で壊れた家々が次第に増えていくのを車窓から見ながら、徐々に神戸に近づくにつれて、今回の地震はこの周囲の震災状況から見て、如何に大きなものであったかを今更ながら感じさせられ、車は長谷部の住んでいる長田区に近付いて行った。途中火災で焼けた煙と粉塵とが入り混じり、全く一変してしまった町並みの惨状と、路上で呆然と立ち尽くす人や、対照的に走り回る人々を避けながら、何か遠い別世界に来たような錯覚に囚われながら車を運転していると、助手席の寿子が急に声を張り上げて、

「あんた、危ない！」

というので慌ててハンドルを右に切り、瓦や土塊、折れた電柱などの障害物を巧みに避けながら、やっと見慣れた長谷部の家の近くまで来ることが出来たのである。

大通りより少し入り込んだところに、あの懐かしい古ぼけた姿の二階建てが、不思議なことに、周囲の家屋が殆ど全半壊している中でニョキッと立っているのである。別に立派な家でもないのだが、流石に長谷部の親父さんの代からの土建屋だけに、日頃からあちこち手を入れているからだろうか、玄関の壁は殆ど落ちているのに、健気にも家そのものは倒壊もせず、住める程度に原形を留めているのである。玄関に立って隆司は大声で、

「おーい、長谷部さんいるかい？　得田や」

と言いながら軽く戸を叩くと、中から長谷部の奥さんが、跳んできて顔をだした。

「あ！　得田さん」

隆司は家出以来寿子の姓を名乗っているのだ。

「奥さん大変やったな。みんな無事ですかいな」

「有難う得田さん。遠いところ態々、お陰でみんな無事ですねん。酷い目に遭いましたわ。でもね、ご近所のことを思うと喜ばなあかんと思うてますねん」

「ほんとによかった。ところで御主人は」

「今町内の会長さんとこへ行ってますねん」

「ああそうでっか」

その時寿子は、パンと牛乳をそっと奥さんに差し出しながら、

「奥さん大変でしたわね。地震でもしも食べ物で困ってらっしゃるんじゃないかと思いまして、来しなに一寸買ってきたんですけれど」

「まあーそれはそれはどうも有難う御座います。助かるわ。こんな時だからおちおち食事の用意なんか出来ないのでね。態々こんなとこまで寿子さんに来て戴いて、その上結構な食料まで持ってきて戴きほんとに感謝しますわ」

傍から隆司が、

「此奴がテレビを見て、長谷部さんとこ大変や、言うて叩き出されましてね」

「オホホホ、朝早く出て戴いたのでしょ。ほんとに寿子さん、有難う御座います」

「いいえ、こっちこそ何時も助けて戴いて」

「とんでもない。主人も得田さんには何時も感謝してますの。中に入って貰ったらいいんですけど、未だ引っ繰り返っているんで。兎に角主人呼んできますから一寸待ってて下さいね。直ぐそこですから」

と敏江は、多くの人々が走り回っている町筋を小走りに駆け出していった。暫くすると長谷部夫婦が帰ってきた。

「よう得田！　よく来てくれたなあ。えらい目に遭わされたわ。今町会長に相談を受けていたとこなんやが、冬場のこっちゃ、補修出来るとこは、急いで補修して貰えんやろかと」

「地震直後やというのに、えらい手っ取り早いこっちゃなあ」

「そうなんや町会長の家は、被災して家を失った人に、一時的にでも入って貰おうということなんや。勿論学校の講堂や公民館に行く人もあるやろけど、この真冬のこっちゃし、年寄りには冷えるからなー。だから壊れた箇所を至急補修してくれということなんや。未だ余震も来るこっちゃし」

「そうか、それはえらい町会長やな」

「うんよく出来た人や。町内の連中は、町役場の職員の話より、町会長の言葉の方を信用してるぐらいや。その町会長の話では、瓦礫の解体処理は市の方で、公費でやるだろうが、家の再建や補修は個人が負担しなきゃならんだろう。勿論全壊した人には、仮設住宅が建てられることになろうが、一部の損壊は駄目だと思うので、それならいっそのこと、自分の家を出来るだけ早く補修して、暖かい居場所を造り、ご近所のお年寄りに入って戴こうという考えらしい。尤もご近所で、家の補修を希望する人があれば、安く早くをモットーに斡旋するからとのこと。俺もある程度儲けを度外視して引き受けることにしたんだ。手伝ってくれるか」

「よう分かった。さしてもらうよ」

「この直下型地震、不思議にも同じ地域でありながら、一方に於いて阪神高速道路みたいな頑丈な建物が崩壊しているかと思えば、個人家屋の大半がやられたが、不思議にも俺とこの家のように、ちっぽけな家でも何とか倒壊もしないで立ってるんだ。不思議なこっちゃ。一寸筋交い余計に入れてあるだけなんや」

「俺も先ほどから、流石やなと感心してたんや」

「いやー全く運としか言いようがないわ。ところで復旧工事の方、こんな状態でゆっくり話も出来んが、俺の方で一切段取りして一両日中にお前の方に連絡するから頼むわ。どうせ泊まり込みになるから、その準備しといてくれや。寿子さんにも寂しい思いさせるが、すんませんな」

と横にいる寿子に向かって言うと、

「いいえ、どうぞどうぞ。私のことでしたら心配せんといて下さい」

と寿子が笑っていると、長谷部の奥さんが、

「わるいわねーお見舞いに来て戴いて突然こんなご無理なお願いしてしまって、でも御主人が他の女に誘惑されんように、私責任をもって監視しときますさかいに」

と真顔で言ったので、二人の男は笑い出すのである。

このようにして長谷部は隆司と共に、数人の人夫を使って、震災後の家屋補修工事

を始めたのである。この緊急補修活動中は長谷部は親会社に事情を話し、一切他の仕事を断ったのであった。だがその補修活動は、隆司等大工にとっては当に極限の生活でもあった。自らは家を失ったわけでもなく、精神的に追い詰められた立場でもないが、辺《あた》り一面の倒壊家屋に囲まれ、時には其処からの遺体搬送の場面に出くわすという状況の中にあって、不思議にも立ち尽くしている家屋の、厳冬での補修工事である。手近にある周囲に散らばる倒壊家屋の廃材を、無断で燃やして暖をとるわけにもいかず、それは言わば熾烈な寒さとの戦いでもあった。被災者には急場凌ぎのことで、避難所として学校や公民館が当てられ、その大きな空間の中で仕切りもなく押し込められ、助かった喜びで最初はそれでも良かったが、冬のことでもあり、時と共に寒さに加えてプライバシーが守れず、お互いが気を使い合い、暫く時が経つにつれて精神的にも肉体的にも疲れ果てて、それが嫌で自家用車の中で過ごす人も出てきており、補修可能の家が残っている限り、一刻も早く自分の家に帰りたいという願望が起こり始めた。それに応えるための応急処置が、長谷部の請け負う工事であり、大工や人夫にとっても毎日が疲労の限界を超えるような過酷な労働の連続であった。だが被災者が、壊れた我が家の補修が完了し、やっと避難中の疲れ切った表情から解放されて、晴れやかな笑顔をみせると、それが自分達の喜びにもなり、隆司のように過去には打算的であった男にも、このような家族等の喜びを見ていると、今では不思議にも金銭感覚を超えた、人間としての喜びを感じ始めていたのである。或る日仕事も一段落した隆司は、補修完成間際の自分の手がけた家屋の外観をジッと眺めていると、何時の間に来たのか、その家の主《あるじ》が傍にやって来て、如何にも嬉しそうに、

「大工さん有難う。これでどうやら今晩から我が家に住めそうやな。あんたも急かされて大変やったやろう」

と労りの言葉をかけられ、隆司は吃驚して、

「あ！　この家の大将でっか、いや、私の方こそ有難う御座居ます。これが私の仕事ですから。大変な目に遭われましたな。これで一応大工仕事は終わりましたんやが、未だこの板張りの上にクロスを張らんとあきませんので」

「いや、そんなことはいいんだ。兎に角少しでも早く家に帰れたらほっとするからなー。それにあんまり金もないがな」

「いえいえそんな、でも避難所では大変でしょうね。だが家に帰ってこられても、当分電気はないし、食料の方も一寸不便ですな」

「いや食事の方は役場と交渉して、町会長の方で何とか手配してくれるらしいんで助かるよ。亡くなった人達のことを思えば、贅沢は言うてられないがね。町会長が実によくやってくれるので助かるよ。聞くところによると、国や県の方では、全壊した人に対しては、勿論仮設住宅が提供されようが、こんな個人の家の一部損壊についての

補助は、私有財産への直接支援になるので、自分でやれということらしい。人間個人の復興よりも、インフラや大企業の復興の方が、震災復興につながるというのが政府の考えらしい。我々に対しては自己責任でやれ、と言うのが国の方針で、実に冷たい考えだよ」

　公的支援は、全く諦めているような口ぶりである。だから、今は出来るだけ安普請で、兎に角、雨露凌げたらそれで良い、ということのようである。隆司はそれを聞いていて、どう答えたらよいのか迷いながら、

「そうですか、厳しいんですな。国や県の考えは、でもお宅は未だ家が立っているだけでも、よかったじゃないですか」

「全くそうなんやが、そう思うと僕は、地震以来神に感謝せないかんとも思ってるんや。実に人間というのは勝手なもんやな。もし家が倒壊していたら、とてもこの年じゃ立ち上がる気力なんてないよ。その点補修だけで済んで、喜ばんといかんわな。然しな、考えてみると、国や県の支援を受けられない結果、多くの罹災者の中には、仮令この震災に無事生き残ったとしても、これから先、精神的にも肉体的にも参ってしまう人や、経済的に、にっちもさっちもいかずに死んでいく人が、どんどん出てくるかもしれんなー。兎に角この震災は、一瞬にして人の運命を全く変えてしまったのだ。幸福な家庭の子が、突然孤児になったり、年寄りが皮肉にも一人取り残されたり、

全く人間の幸福なんてもんは、何時どうなるかわからんなー」

「全くその通りですなー」

　今まで自分のことだけしか考えていなかったが、こんな思いもよらぬ大災害が一度起きると、運のいい人と悪い人とでは生活環境が一変してしまい、昨日まで屈託なく笑っていた人が死体となって転がっていたり、大家族で笑い溢れる生活をしていた人が、ポンと孤独な世界に放り出されることになったり、その事実を目の当たりにして、作業を続ける隆司も、流石に考え込むのであった。丁度その時、突然後ろから長谷部がやって来た。

「やー椿本《つばきもと》さん、どうにか補修が、御希望通りの期日に間に合いそうですな」

「そうやな、有難う。今もこの人と話していたんだが、どうやらこれで家に住めると」

「そうですね。未だクロスを張ったりしなきゃなりませんので。一両日中には完成しますが」

　と言いながら長谷部は隆司の方を向き、

「得田これで大工仕事は片づいたが、余震のこともあるので打ち付けた合板を、水平材と柱との強度を持たすため、出来るだけ多く釘を打ち付けておいてくれや」

「うん大分多い目に打ったんだがそう言やもう少し細かくしとこうか」

　と言って、気軽に直ぐ間隔の広めの箇所に釘を打って回りながら、

「兎に角補修設計図以上に、余った木材は出来るだけ筋交いに利用してあるんや」

「そうかそいつは済まん。お前のことだから安心はしてるんだが、何しろ大地震直後の御近所のことだからな」

　と言って、長谷部は家の持ち主椿本に向かって、

「明日はクロス張りをしますので、もう二日だけ御迷惑をかけますが、待って下さいな」

「補修はこれで十分だよ。他人に気を使わずに、雨露が凌げたらそれで結構なんやから、正直なところあまり金もよう出さんでな」

「いやこれではあまり剝き出しですから、当方も見積り以上戴こうとは思っておりませんので」

　依頼主の椿本は笑いながら、

「そら分かっとるがな。正直なあんたのこっちゃ。わしはな、要は早いとこ学校の講堂から引き上げたいのや」

「それでしたら、もう明日住んで戴いて結構ですよ。クロス張りぐらいやったら、入って戴いても作業は出来ますので」

「そうか。兎に角年寄りを抱えているもんで、周囲の人に気を使うんや。と言ったら避難所に居る人達には申し訳ないが、そしたら明日の朝早速引っ越してくるわ」

「ではそうして下さい。荷物があれば車で運びますさかいに」

「そうか済まんけど、そうして貰えたら有難いわ」

「承知しました。そしたら朝の九時頃避難所の方へいきますよって」

「そうかでは頼むわ。急かせて悪いな。どうも色々と有難う」

「いえとんでもありません。では失礼致します。そしたら得田帰ろうか」

隆司は、長谷部の家に泊まり込んで、連日このような作業が続いているのである。こんな状態が一ヶ月あまり続いて、お互い体も疲れ切っているので、次の作業まで二日ほど休息をとることにしたのである。隆司はそれまでの報酬を受け取り、久しぶりに寿子の待つ自宅に帰れるので、浮き浮きした思いで、混乱している震災現場に注意しながら、車を徐行させている時であった。何気なく道路に佇立している中年の男と、偶然にも目がバッタリ合った瞬間、一瞬頭の中に閃光が走り、同時にゾッと背中に冷水を浴びたような思いがしたのだ。相手もその瞬間驚いた顔で、隆司に何か言いかけたと思ったのだが、その時反射的に隆司は、車のアクセルを踏んだのであった。それまでは仕事の達成感に満たされ、疲れてはいるが、安らかな気持ちで車を走らせていたのであるが、その刹那不安な思いに突き落とされ、顔色が蒼白になったのを自分でも意識するほどであった。

その偶然に目が合った人こそは、紛れもなく東田家本家の長男寛《ひろし》であった。彼の知人でも罹災して、その所在を確かめに来たのだろうか？　これによって、自分のことは早晩、いや今夜中にでも、分家の理恵一家に知らされることになるかもしれない。いや然し、顔に若干整形しているのでそれは自分の思い過ごしかも、でも今は俺だと分かったのでは？　このように思うと隆司は言いようのない衝撃を心の中に受けるのであった。隆司は別に犯罪を犯した逃亡者ではないのだが、でも見つかって、家族の皆の前に引きずり出される自分の姿を想像しただけでも堪らないのだ。いや義父の権利証を無断で持ち出して、それを担保に入れ、融資を受けたのだから、仮令理恵の協力があっても、やっぱり事実上の犯罪者なのだ。そんなことを考えながら蒼惶《そうこう》として家に帰ってきたのである。いそいそと出迎えた寿子は、久方ぶりに会うのに、隆司の浮かぬ顔色を目聡く見つけて、

「あんたどうかしたん？」

「うむーさっき車で帰りしなに、神戸で東田の本家の息子と出会ってしまったんや」

「え！　それであんた言葉を交わしたの」

「いや、言葉は交わさなかったが、俺と目が合った瞬間、向こうが何か言おうとしたんやから、俺のことは分かっていたと思うんやが」

「でもそれはあんたの思い過ごしじゃないの、車から外は見えても、外から車の中なんてはっきり分からないわよ」

「広くもない道路を、障害物に当たらんように徐行していた時やから、車の中の俺の顔は、向こうからははっきり分かったと思うよ」

「東田家に分かれれば、離婚すりゃいいじゃないの。別に殺人犯でもないのに」

「それが出来れば苦労しないよ。だが俺の娘も今じゃ多分大学生と高校生だと思うが、俺の失踪は、東田家の面汚しということになってるやろ。理恵と離婚出来ても、親子の血の繋がりはどうにもならんし、俺が見つかってノコノコ出て行けば、離婚訴訟により俺は勿論、お前まで慰謝料請求されて迷惑かけるかもしれへんのや。慰謝料だけじゃない。俺は無断で権利証を持ち出し、銀行から融資を受け、その金を使い込んだのだが、俺は養子だから窃盗罪にならんと思うが、銀行に対しては詐欺罪が成立すんのと違うやろか、こんなこと考えるとほんまに嫌になるなー」

「あんたが犯罪者なら理恵さんも共犯になるでしょ。心配せんでも東田家の恥になるようなこと、表沙汰にするわけないいじゃないの」

「そうかもしれんが、今から考えると、お前とは運命的な出会いによって、理恵との離別は後悔していないが、考えてみたら俺もあの吉岡の甘言に乗って馬鹿なことをしたもんや」

「ああの吉岡さんね。吉岡さんも詐欺罪だわね。あんたを騙して、ところでうちが何で慰謝料請求されるんよ」

「それは、俺が妻帯者であることを知りながら、理恵から俺を奪ったという理由でつまり妻の権利を侵害したということで」

「馬鹿らしい！、仮に奪ったとしても奪われる相手にもその非があんのと違うの。お金なんか請求されたって、そんなもんあるはずないやないの」

と言って寿子はデスペレートな声を立てて笑うのであった。

「もし本家の寛が俺の存在を連絡し、どんな結果になっても、責任は総て俺が負うつもりや。俺が悪いのだから。俺は兎に角経済的な豊かさより、精神的な自由が欲しかったんや。窮屈な思いから解放されたかったんや。お前と自由に暮らせたこの七、八年は、俺にとって今までの人生で一番幸せだったような気がする。この幸せだけは誰にも壊されたくないんや」

それを聞いていた寿子は感極まったように、

「私だって、あんたとこのまま別れるのは絶対嫌よ」

「そうかい。そう言ってくれるんは俺だって嬉しいよ。そんなら再び逃亡者になって、俺と逃げてくれるかいな。こんな男と一緒になってお前にも苦労かけるなあ」

「今更そんなこと言わないでよ。私はいいんよ。どんな生活をしたって、今のあんたと一緒なら幸福なの。人から見たら馬鹿な奴だと思われたって、本人同士結構幸せにと思って生活してる人だって世間には沢山いるわよ。うちのことは心配しないで、何処だって良いじゃないの行きましょ。地の果てだって、二人だけの自由と幸福を求めて行きましょ」

と寿子は感情を高ぶらせて言うのであった。

「そう言ってくれるだけでも俺は有難いと思うてる。今になって考えれば、別に東田家に不満があったわけでもないんやが、俺自身の育ちの悪さか、あのあんまり真面目な家風の窮屈さに加えて、終いには、何でか知らんが自分の子供達に対しても、窮屈な思いで暮らすようになったんや。それに、例の無断抵当権設定による銀行からの借金の問題もあって、堪らず家を飛び出したんやが、唯一の目的は、どうしてもお前と自由な暮らしをしてみたかったんやと思ってる。他人が見る幸福と、自分が感じる幸福とは違うもんや。兎に角逃げよう。長谷部には申し訳ないが、彼には変な嘘をつくよりも本当のことを言って、直ぐにここから逃げ出そう。仕事も一段落ついたこっちゃし、俺の裏切り行為でないことは、彼なら屹度分かってくれると思うんや」

「じゃ早いとこ銀行預金等引き出して逃げ出そうよ。軍資金がないとどうにもならないし、贅沢しなきゃ当分の間は、何とか暮らせるよ」

と言って、寿子は隆司の右手を自分の両手のひらで優しく包み込むのであった。暫く経ってから寿子は、

「ところであんた、何処へ行くつもりなのよ」

それに対して、隆司は前から心に秘めていたように、

「本州でビクビクしているより、いっそのこと北海道に渡ろうと思うんや」

と言いだしたので、それを聞いた途端寿子は吃驚して、寒さには極めて弱い体質なので、

「そんなとこへ行って、何処かあんたに当てがあるの、あんな寒いとこへ行って当てがなけりゃそれこそ大変だわ」

「まあーこれから追々暖かくなるし、それに当てがないこともないんや。実は以前建てた家の依頼主の親戚筋の人なんやが、たまたま建築現場に来ていて、俺と気が合い、長い間北海道の話を聞いたことがあるんやが、尤もその時東田の親父さんと一寸気まずいことがあって、気さくなその人の話に引き込まれたのかもしれないが、俺なんかと違って可成り年配の人やが、気が向いたら、何時でも北海道に来たらええがな。本州でゴチャゴチャした生活をしてるより、広大な大地で伸び伸びと生活すると、気持ちがゆったりするぞ。決して贅沢な生活をするほどの儲け口はないが、其処には内地では得難い自由があると言っていた。だから、内地と違って知恵を出せば、面白い新しい儲け口が発見出来るかもしれんといってたが、俺も今まで生きてきて、もう贅沢な生活など、しようとは思わないが、失踪者という枠から逃れて、自由に伸び伸びと暮らすことが出来たら、人間として一番幸福なんだと思うようになってきたんや。歳

を取ったせいかもしれんが」

それを聞いて寿子は笑いながら、

「あんたも昔は、贅沢の夢を見て東田家の婿養子に入り込んだんと違うの」

「最初はそんなこともあったことは事実やが。東田家では、実際経済的に何の不自由も感じなかったが、だが精神的には、息の詰まるような思いもしたな。皆んな実にいい人なんやが、ただそれだけでは、本当の平穏な生活とは言えないんだな、俺のような男には。俺とお前との間では、大声を出して口喧嘩をしたり、東田家から見たら、阿呆みたいに大声で笑うところにこそ、平和があるような気がするんや。これは東田家の人には、なんぼ説明しても分からんこっちゃ。これは生まれが違い、俺の仕事も東田一族とは違い過ぎてるからなんやということが、今やっと俺にも分かってきたんや。だから、理恵の姉夫婦が来た時なんかは、俺にとって話の出る幕がないんや。話の内容が、俺の生きてきた環境とまるっきり違い過ぎ、俺はただ馬鹿みたいに、へーとかハーとか頷いているだけで、肩が凝り早よ帰ってくれたらよいのにと度々思ったもんや。十五、六年間こんな緊張した生活を東田家で送ったきた所為か、俺にしたら、実際のところ今から考えてみると、しんどい想い出しか頭の中に残っていないんや、俺は自分のあらを見せないようにするため、必死やったような気がするんや」

寿子は隆司のこの愚痴を聞いていて、笑いながら、

「へーあんただってそんな気を使うんだ。そうすると、うち等の今の生活は、毎日がお互いあらの見せ合いみたいなもんやわね」

　この寿子の言葉に釣られて、隆司も笑い出したので、寿子は更に、

「あんたもその時、負けずに建築業の話でもすりゃよかったのに」

「ところが相手は多勢、孤立無援の俺が、一人そんな話を持ち出す余裕なんかあるもんか。話には時に相槌を打つ奴が居なかったら話なんて続くかいな」

　その時寿子は、興味本位と東田家に対する嫉妬から、突然身体を乗り出し、

「其処では一体どんな話が出たのよ」

「うん、例えば現在の小学生や中学生の授業中の態度が、一般的に随分悪くなった。その原因は、最近の父兄が極めて高学歴の人が多くなり、教師と父兄の学歴が接近し、父兄は教師を常に批判の対象とするので、子供はその影響を受け、教師の言うことを聞かなくなって時には反抗する。そして学校に対する不満があると、直ぐに教育委員会にねじ込んだりする。これが本当に優秀な父兄となると、よく心得ていて、自分の子供の前では教師の悪口は絶対言わないもんや。ある大学の植物学専攻の先生である父親が、小学校一年生の自分の子が遠足から持ち帰った草花について、担任の先生が分からないから、あなたのお父さんに尋ねてごらんと言われたというので、その大学の先生は自分の子に対して、担任の先生の分からんこと、お父さんにはよけい分から

んよと、担任の先生は屹度植物図鑑で調べて、教えて下さるよと言っておいて、自分は担任教師に対し手紙で、その草花について詳細な説明をなし、それを受け取った担任は感銘し、現にその子は、軈て大学医学部に入って、今では癌の研究者になってい る。と言う話や、何処何処の中学校は非常に優秀な子が多いのは、それはその地域が非常に家庭環境が良いからだというような話で、俺なんか親が早く死んだ関係もあって、勉強なんかまともにしなかったので、こんな話に入り込む余地なんか全くないやないか」

「なるほどね。面白いやないの。その大学の先生の話、私だって感銘するわよ。今時の親は自分の子に対して、担任の先生よりいいとこ見せようとする親が多いのにね」

と言いながら、更に意地悪く尋ねるのだった。

「理恵さんはそんな時どうしているのよ。聞くところによれば、二人の姉さんは勉強もよく出来たらしいが、理恵さんはあまり出来なかったようね」

「ところが不思議なことに、理恵もそんな話の中に入って対等に話しているんや。俺は最初の頃、それは理恵が育った家庭環境からそのようになれるんかと思っていたんやが、本当は俺なんかと違って、非常に優秀やなと思える節があるんや。体が弱かったので進学校に行かず、お嬢さん学校に入ったというのが事実のような気がするんや。だから俺は、そんな中で余計惨めな思いがするんやった」

「馬鹿ねあんたという人は、養子縁組して姉さん等とは姉弟の関係よ。何も遠慮しなくたっていいやないの」

「それは建前論や。現実には中々そうはいかんのや」

「じゃあんたと私が上手くいくのは、私も馬鹿だからなの」

「何もそんなこと言ってないやないか、ところで何でこんな話になったんや。今の俺にはそんなことはどうでもよいこっちゃ。北海道の方はどうすんのや」

　と突然話が北海道に変わると、寿子は弱々しい声で、

「北海道ねー、其処には今より大きな自然と自由があるということは分かるんだけど。私はあの厳しい自然に堪えられるかねー。あんたとなら何処だって行く覚悟はしてるんだけど。私は体質的には、寒さに大変弱いのよ。私の故郷が奄美大島という関係もあるのかしらね」

「え！　お前の生まれは奄美大島かいな？　今初めて聞いたが、なるほどあそこは一年中暖かくて美しい海に囲まれた楽園かもしれへんけど、俺の聞いてる限り、仕事がないので大分大阪に来てる人も多いなあ。あそこに土地でもあれば、砂糖キビでも作ってのんびり暮らせるんやが。だが俺には、奄美ではリゾートホテルの雑役ぐらいしか適当な仕事がないやろう。それに俺にとって生きていくための夢がないような気がするんやが。今俺の考えている夢は、試練の伴う未開拓の部分が欲しいんやけど」

「そしたら、今まであんたがやって来た大工仕事には夢があったんかしら」

「そりゃあったよ。限られた予算の中で、目的に合った家をどのように建てるかということで。尤も俺は一級建築士の設計にしたがってやったんやけど、時には変更提言もしたんや。小さいことやが、あの長谷部の家だって阪神大震災に耐えたじゃないか。勿論地質その他の運もあったんかもしれんが、然し彼の技術もあったんや。彼は金をかけんと、職業上の夢を自分の家で果たしたんと違うやろか。ところが、俺が今奄美大島に行っても夢を持てるような仕事を思いつかんのや。あちらには俺が考えるような大工仕事もあんまりないのと違うやろか」

「分かったわ。其処まで言うんやったら北海道に行きましょ。北海道に行って大工仕事をするの、それとも外になんか当てがあるのん」

「勿論今の俺には大工仕事しかないが、これから暖かくなる春から夏にかけての北海道で、養蜂を行うのはどうかとおもうんやが」

「ヨウホウって蜂のこと、養蜂なんてあんたには全く経験のないことでしょ。蜜蜂みたいなもん飼ってどうすんのよ」

「これからは、人間ますます健康で長生きしたい願望が強くなってくると思うんやが、すると健康補助食品として、蜂蜜やローヤルゼリーというようなもんが重宝されてくると思うんや。俺は前から蜜蜂を利用して、普通の蜂蜜と違う薬用蜂蜜というものを考えているんや。また蜜蜂は、農産物を作る場合の花粉媒介用に、益々利用されるようになると思うんや」

「へーよく知っているのね」

「これは人の受け売りやが、養蜂みたいなもんは一寸経験すれば、世話はかかるが誰にでも出来るもんらしい。そりゃ多少刺されたりする危険はあるやろが、最近はビルの屋上を利用して、素人でも飼って居るんだよ。近くの公園の花の蜜を運んでくるらしいんや。尤もこの仕事は、俺一人では無理でどうしてもお前の助けがいるんや」

「ええ勿論あんた一人にはしておかないわ。仮令地獄の果てまでも御一緒するつもりよ。だけどね、暖かい間は蜂の飼育をするにしても、冬にはどうすんのよ」

「普通は春の終わり頃に北海道へ蜂を運び、秋には再び内地に蜂を移動させるんやが、というのは、蜂が最も活動すんのは、気温が摂氏二十二、三度から二十五度らしいんで、寒くても暑くてもあかんらしいのや」

「へーよく知ってんのね。蜜蜂のためたえず移動するなんて、まるでジプシーみたいね」

「俺は何時か大工の片手間に、養蜂をしてみたいと思っていたんやが、というのは大工仕事も、何時までもそんなにあるもんでもなく、今のような震災があれば、復興需要で特別忙しいが、これも人助けの反面、人の不幸を喜ぶような結果ともなり、後味の悪い思いや。然しこの復興後、生活が安定してきたら、どの家も不燃焼や耐震対策という点から大きな鉄筋のマンションなどが希望され、木造の家大工等は、多分内部的な簡単な造作仕事ぐらいで、大企業が殆ど請け負い、我々の活動の場は、徐々に無くなるんじゃないかという気がすんのや。また日本の人口が益々減ってきている事実から考えて、今のままでは、家そのものが余ってくんのと違うやろか。俺はそんなことも考えずに、以前は小さな建設会社の設立を夢見て、東田家に迷惑をかける結果になったが、今から考えると馬鹿なことをしたもんや。今ではある程度社会的な変化を見通すことが必要だと心懸けてるんや」

「分かったわ。あんたも色々と考えているんやわね。初めてあんたの考えに感心したわ。そしたら北海道へ行きましょ。其処まで考えているんやったら、仮令失敗してもいいじゃないの。私もあの厳冬の北海道でどれだけ耐えられるか分からないけど、なんとか寒さに慣れるように努力してみるわ」

「そうか有難う。そしたら俺も明日にでも北海道の知人に連絡してみるわ」

と言って以前知り合ったという養蜂家大北《おおきた》弥一郎《やいちろう》に翌日電話連絡したところ、その大北からは、折り返し何時でも来いという返事を受け、暫く俺の養蜂を手伝ってはどうかということだった。そこで隆司は、半月ほどの間に軽トラックを始め、殆どの家財を処分して、預金の総てを引き出し、取り急ぎ電話で長谷部に事情を連絡した上、寿子と共に古い乗用車一台に、最小限度の生活必需品を載せて、三月末にそのアパートを引き払い、北海道に向けて尼崎インターから名神高速道路を東へ出発したのである。震災地で本家の長男寛に会った後も、幸いにも東田家からは捜索を開始した様子も窺えず、やれやれと思うドライブとなったが、それは二人にとっては内地からの逃避行であり、陽気な車外の春景色とは異なり、これから先のことを考えると二人の間には、言いようのない緊迫感に閉ざされるのだった。だが隆司にとってこの北海道行きこそは、結果的に成功するか否かは別にして、心の呪縛から解放され、別天地においての希望の持てる思いもあるが、南国生まれの寿子にとっては、愛してる男のために、共にその地で暮らすことを固く約束はしたものの、体質上寒さに対して極度の恐怖感を持っているので、内心悲壮な思いもあった。住めば都とは言うものの、もう中年をとっくに過ぎた二人にとって、酷寒の北海道で、とても夢だけでは生きていけないように思うと、寿子は今更ながら、何故反対して無理にでも、奄美に連れて行かなかったかと後悔するのであった。他方隆司は一刻も早く本州を離れて北海道に行く衝動に駆られて、名古屋では重みのあるものを更に手早く処分し、名古屋空港から北海道旭川行航空券を手に入れ、二人は飛行機に乗り込んだのであった。

八、不倫の果て

旭川から宗谷本線にどうやら乗り込むことが出来た辺りから、寿子の不安が更に昂じてきて、日頃比較的自由奔放にして、どちらかと言えば姉御気質のこの女が、今では不思議なぐらいに無口になってしまったのである。何時もは物事にあまり拘泥しないのに、この苦手と思われる気象環境に入ることに、どうしてこんなにも神経質になっているのか、隆司も今更ながら、彼女の変化に驚いて、自分自身までも内心非常に不安になってくるのであった。尤も自分も馴れないこの土地で、未経験な仕事に入るためには、不安の中にも一応の覚悟はしてきたものの、この寿子の助けなしでは、とてもやっていく自信は今の自分にはなく、寿子がこんな状態ではと、お互いが黙り込んで、ぼんやりと車窓越しに飛び込んでくる風景を眺めている時、内地と違って、四月の牧草地帯には、今尚底冷えと寒さを感じさせるものがある。それでも春を告げる柔らかな陽光の下で、乳牛の群れが気持ちよさそうに、あちこち群れをなし、萌え出た新緑の草を食んでいるのを見て、隆司は何とか寿子に、北海道に興味を持たそうとの必死の思いからポツリと、

「おい寿子、内地と違ってあの暢気そうな牛の群れを見ていると、なんか心がゆったりすんな」

と彼女の顔を横目で見ながら声をかけると、

「そうね」

と極めて素っ気ない返事をしながら、

「でもこの気候も三、四ヶ月だけだわ。八月の終わり頃になると、もうそろそろ寒くなると聞いてるわ」

「誰に聞いたか知らんが、そんなに神経質にならんでも、そのうち慣れてくるよ。人間というもんは、不思議と気候に順応性があるもんやと思うけど」

「そうかしら」

と隆司の話には中々乗ってこず、全く気のない返事をしながら、ただ放牧されている牛をぼんやりと眺めているのである。今からこんな状態ではとてもじゃないが、これから先の長い生活を、一体どうしたらよいのかと隆司が思い悩んでいる間に、列車は驪て目的地の名寄駅に到着した。そこから更に二十キロメートルばかり南東へ行ったところに、かの養蜂家大北弥一郎氏の家があるのだ。都合のよいことにあまり待たされることもなく、乗り合いバスがやって来たのでそれに乗り込み、最終目的地であるバス停下川駅に着いたので不安のため黙りこくっている寿子を急き立て、バス停で

降りようとすると、名寄駅で携帯で連絡していたので其処に白髪交じりの逞しい初老の男が近付いてきて、

「得田君かいな」

と声をかけてきたのである。隆司はその人を見るなり、以前会った大北弥一郎と直感し、

「はあ大北さんですか、態々お出迎え戴いて有難う御座います」

と恐縮して、やや上ずった声で礼を述べながら、ペコペコ二、三度頭を下げると、続いて降り立った寿子は、直ぐに状況を察し、

「どうもこの度は、主人が大変ご無理なお願いを致しまして申し訳御座いません」

と鄭重に頭を下げたのである。先ほどまで不機嫌だった寿子が、此処で無愛想な挨拶でもしようものなら、大北さんの心証を害しどうしようかと一瞬心の中で心配していたのであるが、流石にこのような場合の、その変わり身の速さは見事なもので、今までの自分の内心の思いを全く顔に出さずにニコニコしながら礼を述べている姿を見て、今更ながら隆司は妙なことに感心して、寿子の姿に改めて見惚れていたのである。

弥一郎は早速自分の家に案内してくれた。その家はこの辺りでも可成り大きな家で、それは北海道特有の家というのであろうか、屋根の庇の短い極めて頑丈そうな造りで、なんの飾り付けもない居間は内地の家とは異なり、吃驚するほど広くて、四月に入っ

ているというのに、未だ居間の中央にはドンとボイラーが備え付けられており、寒い日にはそれを焚くのだそうである。早速奥さんと二人の息子さんにも紹介され、寿子は持参の「灘の生一本」と神戸牛の特製樽漬けを手渡すと、弥一郎は如何にも内地を懐かしむように、

「ほー北海道にも美味い酒はあるがこれはまた懐かしい酒だ」

と快く受け取った。その大北家から三百メートルほど離れたところに、これから隆司等が生活することになる家を用意してくれているのある。その家というのは、大北夫妻が内地から北海道にやって来た時、丁度それは今から三十年ほど前に建てた家だそうである。この辺りは、南には大雪山を望み、東はオホーツク海、西は日本海に囲まれており、八月の終わり頃から日本海の湿った空気が流れ込んで、それが冷やされて靄となり、周囲一面を覆うのである。またその靄が冷やされて驟て雪に変わる日もあるというのである。それを聞いた途端、寿子は一層の不安に掻き立てられるのであった。この寿子の様子を察した奥さんの里江《さとえ》さんが、早速気さくな話し振りで、

「私も主人と結婚する前は、東京生まれの東京育ちだったの。北海道なんて住むつもりは全くなかったのよ。だが頑固な主人に言いくるめられて、此処にやって来て今日まで来たのよ。でもね、住めば都とはよくいったもので、今じゃこちらの方がなんか落ち着くのよ。不思議なものね。だから貴女も心配することなんてないわよ」

と寿子の顔を見ながら諭すように言うのであった。それでも尚心配そうな顔をしている寿子に対して、更に続けて言うのである。

「そりゃ第一気候が内地と全く違っているので、誰だって最初は不安に思うわよ。この名寄はね、北海道でも内陸性の気候に属しているので、冬と夏とでは気温の差が物凄く違うの。夏場では、内地同様昼間の気温が三十度以上あったかと思うと、夜は十度ぐらいまで下がるの。また冬場はマイナス三十度以下になる場合はしょっちゅうよ。兎に角一日の気温差が二十度あまりあるのよ。でもねこのボイラーを四六時中つけているでしょ。だからね、慣れたらそんなに寒さは感じないものよ。梅雨は殆どと言っていいほどないので、年中からっとしているのよ。一番気候の良いのは六月から七月にかけてなの」

それを聞いて南国生まれの寿子は益々不安そうな顔をしながら、

「マイナス三十度なんて、私にはとても想像出来ませんわ」

「そのうち慣れてくるわよ。丁度十二、三年前になるかしら、若い男女の小学校の先生が、日教組の組合運動をし過ぎたとかで、学校を追い出され、自由を求めてこの北海道にやって来て、最初の頃は気候にも慣れずに不安がっていたが、今では立派な牧場経営者として、従業員も四、五人使って、毎日楽しそうに牧場内を馬に乗って走り回っているわよ。何しろ内地と違って大きな買い物さえしなかったら、大人一人一年間に百万円あれば、不自由しないで暮らしていけるのよ」

「そうですか、そしたらお金のない私達だって、何とか生きていけそうですわね。でも私は今から冬場が思いやられますわ」

と大阪にいる頃の元気さとは打って変わって、弱々しい声で笑うのであった。それに対して里江は、なんとか寿子の気を引き立てようと、

「あのね、屋外がマイナス三十度なんて言うけど、室内は何処の家でも二十数度に温度がキープされているので、そんなに心配する必要はないわよ」

その時隆司は傍から、

「これが気温の心配ばかりするもんだから、こっちもつい此処で生活の根を下ろすことが出来るかどうか心配になってきましてね」

「寒さのことばかり考えていないで、これからの北海道の自然はとても素晴らしいもんよ。青い空と大地が何処までも続いているのを見るだけでも、内地のあの都会でのゴミゴミした景色よりずっと新鮮で生き生き出来るわよ」

それでも尚不安そうな寿子の顔に、ゆったりとした微笑みを返しながら、

「大丈夫よ寿子さん、私だって初めはそうだったのよ。今あんたに偉そうなこと言ってるけどね。人間って自分が考えてるより案外順応性に富んだしぶとい動物なのよ」

「そうでしょうか。私の場合奥様と違って生まれが南の端奄美大島ですの、だから特

に寒い気候には臆病で気になるのでしょうか」

と言って寂しそうに笑うのであった。

「そう、貴女奄美の生まれなの。でもね大阪暮らしも随分長いのでしょ。そしたら寒さにも体感的には慣れているはずよ、大阪だって冬は随分寒いもの。私は蜂の移動の関係もあって、冬には大阪の隣の和歌山に行くの。寒さに対する設備が此処ほどではないので、室内では寧ろ此処より寒いと思う時がよくあるもの」

「そうですかねー」

「そうよ、だから今からそんな心配しなくたって大丈夫よ。少し落ち着いたら、この辺のいいところを御案内してあげるわ。ここから一時間ほど車で走れば、あの流氷で有名なオホーツク海も眺められるの。また色々な温泉だってあるのよ。お酒だって『雪わらべ』と言う、とっても美味しい地酒があるのよ。貴女は少しはいけるのでしょ」

「はいそれは」

と言って此処で寿子は初めて明るい笑顔になり、更に里江は、

「あちらの人は強いのでしょ。焼酎で鍛えられているから」

と言うと、ここで二人は初めて声を上げて笑うのであった。

「じゃ地酒で、たらば蟹を宛てにして、何時か飲みましょうよ」

「有難う御座います。奥様にそのように言って戴くと、臆病者の私も少しは落ち着いた気持ちになってきましたわ」

　里江と寿子の話が一段落したところで、弥一郎が、

「話もいいが、これからあんた達が生活する家に案内しようと思うんだが」

「有難う御座います。それが私達の先決問題ですから、どうぞよろしく」

　と何時果てるか分からない女同士の長話を、打ち切る潮時と考えて、笑いながら大きな声で隆司は言うのであった。弥一郎は、

「気に入って貰えるかどうか分からんが」

　と先に立って庭に降り立った。その後に続いて二人が降り、案内して貰った家というのは、やや町外れにある平屋建ての、六畳二間に八畳の台所があり、二人がこれから住むには適当な広さであり、内地の家とは異なり、所々に丸太を使った頑丈な造りであり、永年使っていなかったので、多少補修の手を入れる必要があるにしても、今の隆司にとっては、思ったより遥かに立派なものであった。ここでも台所の土間には、大きな薪ストーブが据えられている。この地方では、九月頃にはストーブが必要な時もあり、年中ストーブを片づけるわけにはいかないのである。それを聞いた途端、寿子の顔は再び不安げに曇るのであった。その家の前には、長閑な田園風景が広がっており、その遥か向こうの荒野の後に見える山林内に、弥一郎の養蜂場があるのだそう

だ。その山林が、自分の明日から働く仕事場になると思うと、隆司は沈みゆく夕日に照らし出された山林を眺めながら、感慨深げに其処に立ち尽くしているのである。弥一郎はその姿を見て、

「では明日迎えに来るから、今日はゆっくり休んでな」

と帰って行った。

北海道の朝は内地と違って早かった。翌朝五時半頃に、弥一郎の軽トラがやって来た。

「起きとるか、得田君」

家の外から気兼ねのない大きな声がかかった。勿論隆司も覚悟していたことなので、別に驚きもせず、大きな声で答えるのであった。

「はいはい、お待ちしてました」

と朝食もそこそこに、寿子の作ってくれた弁当片手に、軽トラの助手席に飛び乗った。それは内地に居た時の、建築現場に出勤するのと大して変わりのない朝の姿なのである。その当時は、自分が車のハンドルを握っていただけの違いに、隆司は内心可笑しくさえ思えたのである。三十分ほど乗ったであろうか、やがて山林の手前で一旦車を停め、弥一郎は、

「この林の中に養蜂場があるんや」

　と言いながら、再び其処から車を徐行させ、林道を少し入った処で停車した。ふと見ると、あちこちに電線が張り巡らされた囲いの中に、沢山の蜂の巣箱が点在しているのだ。車から降りて歩きながら弥一郎は説明した。

「この電線は熊避けなんだよ」

　と言い、注意深くその一角の入り口の施錠を外して車を囲いの中に入れた。何時の間に用意したのか、

「これを被って」

　と蜂避けの麦藁帽子一つが渡された。それは普通の麦藁帽子の周囲が、細いビニールの編み目で覆われたもので、それを被って弥一郎の後ろから付いていくと、蜂は不意の侵入者に驚いて、ブンブンと攻撃してきた。弥一郎はある一つの巣箱の前に止まり、その中から巣板を取り出し、蜂を追い払いながら巣板の表面をナイフで薄く削り落とし、その板を遠心分離器にかけ暫くすると、その下の蛇口から鼈甲色《べっこういろ》の蜂蜜がトロトロと流れ出してきた。それをペットボトルのキャップに受けて、隆司に勧めながら、

「これら巣箱には十五、六枚の巣板が入っており、一枚の巣板には二千匹ぐらいの蜜蜂が住み付いていて、一箱でざっと三万数千匹、これで年間五、六回採蜜すると、大体三十キロから四十キロの蜂蜜が採れる勘定になるのだが、なかなかこの計算通りに

はいかないもので、この頃は特に気候の関係もあって、ダニがわいたり、田畑への農薬散布の影響で蜂の数が少なくなり、酷い時には、蜂が死に絶えてしまい、慌てて蜜蜂自体を業者から購入しなけりゃならんのだが、計算通りにいけば、世話はかかるが、悪い商売ではないいんだがね」

と笑いながら説明するのであった。

「蜜蜂を飼うのは、必ずしも蜂蜜をとるばかりではなく、蜂も数が増え過ぎた場合には、蜂自体を売ることによって、儲けることも出来るんだ」

というのである。隆司は弥一郎の話ながらの、その手際の良い仕事ぶりに感心して見とれていると、この遠心分離器をゆっくり回してくれと言うので、言われた通りにしてみると暫くすると、再び美しい飴色の蜂蜜が流れ落ちてきたのである。それを見ながら隆司は、

「これはなんの花の蜜ですか」

と聞くと、

「そうだね、この辺の蜂蜜は黄蘗《きはだ》か薊《あざみ》が多いね。その外には菩提樹の蜂蜜もとれる。養蜂をやっている連中は、蜜を嘗めただけで、直ぐなんの蜜か判断が付くがね」

「へー経験とは偉いものですね」

「別に感心するほどのことでもないがね。最近はさっきも言ったように、この蜜蜂が蕎《そ》

麦《ば》や苺その他西瓜などの花粉媒介用に、盛んに利用されているんだ。これは農薬が関係していると思うのだがここんところ益虫が激減してしまい、農家からの蜂の注文が非常に多いのだ。それらの蜂はビニールハウスの中に放たれたりするんだが」

「ところで蜂の生育は、暖かいところが良いとすれば、例えば寿子の郷里である奄美大島辺りで、蜂飼育専門に力を入れるというのは如何でしょうか。蜂の生育も早いし」

「そらそうだが、蜜蜂のえさになる花があるかいな。あまりあっちの養蜂家は聞かないが」

「適当な木や花がないとすれば、気候の関係もあるでしょうが、そのような木や花を植えるという方法も考えられるんでは」

「それが上手くいけば当たるかもしれんがね」

と言いながら、ジッと樹幹の彼方を見詰めて考え込んでいた弥一郎は突然、

「どうだろう。あの辺は確かに一年中暖かいが、雨が多いやろう。だから繁殖率が多くても、気候の関係でダニが湧いたりして、病気になりやすいし、あまりあちらに専門的な養蜂家がいないのはその関係かもしれんなー。兎に角研究してみる必要があるな」

「なるほど、雨が多いと病気になりやすいということですか。そうすりゃこの乾燥した北海道で、内地に移動させないで、蜂の適温状態を維持して、冬の間は蜜蜂に人工

餌を与えて飼育する方法を考えれば、一番いいのかもしれませんね。花粉媒介用の蜂なら、このような方法で大量飼育も可能かもしれません」

と言いながら、夢のような自分の思いつきに笑うのであった。

「そろそろ切り上げようか」

「そうですね」

隆司は、採取した蜂蜜や道具類を車に積み込んで、

「ところで熊は此処ではよく出るんですか」

「せやな、長いことこの仕事をやっていて周囲を彷徨《うろつ》くのを二、三度見たことがあるが、この電線の敷地内にいる限り安心してるんや。でもバッテリーが切れたりしたら、どうしようと思う時がたまにあることは事実や。此処では都会の動物園とは逆で、あまり自然が大き過ぎて、人間が檻の中に居ないと、安心出来ないのだよ。でも最近は都会だって、近くに居る人間が、何時獰猛な野獣に変身するか、分からないじゃないか」

と言って大笑いするのであった。

「北海道だって、観光ルートの領域内で行動する限り、先ず危険はないが、この辺はそれとは大きく外れているのでね。北海道の熊は、内地の月の輪熊なんかと違って、赤褐色の毛をした、遙かに大きくて獰猛な羆《ひぐま》なんだ。私も北海道生活は三十年になる

が、危険と遭遇したことは未だ一度もないよ。またこの羆も、月の輪熊同様に蜂蜜が大好物なんだ。だから、隙あらばというわけで蜂蜜を狙ってくるわけだが、この中に居る限り大丈夫だよ。この電線の柵から外に出る時は、絶えず缶でも叩きながら歩くことだ。あんたもそれだけは守るようにして貰いたいんだ」

「分かりました。注意します。ところでこの熊避けのバッテリーは、どのくらい持つもんですか」

「大体一ヶ月ぐらいは持つとされているんだが。尤も早めに交換しているんだがね」

「そうですか、此処では夜間作業は一寸危険ですね」

「いや出荷で忙しい時なんかは、夜間でもやっているよ。自動車のヘッドライトで照らしながらね。だからこちらが用心してりゃ、そんなに危険な動物ではないとおもうがな」

「そうですか、それを聞いて安心しましたよ」

と笑うのであった。このようにして一日の作業は無事に終わった。帰宅してみると、寿子は一日目のことでもあり、心配そうな顔をして玄関まで出迎え、

「あんたどうだった。山の作業は」

「うん実に楽しかったよ。熊でも出てきたら面白い話が出来たんやが」

とからかい気分で話してみると、

「熊って？　山に熊が出るのん」

「そりゃ此処は北海道だもん。内地の熊よりでっかい羆という奴がね。我々は熊避けの中で作業してるんや。そりゃ神戸の六甲山付近の住宅街でも、冬場には猪がよく出ると言われてるんやから」

　と言って寿子の反応を試してみると、

「そう熊がね。奄美のハブみたいなもんね」

　といって、それについては不思議なぐらい驚きの反応は示さなかった。それには隆司も少し奇異に想いながら、寒さについてはあれほど恐れて、驚くほど嫌悪感を示す寿子という女は、寒さに関しては、現実の体感そのものよりも、寧ろ彼女の病的な異常体質から来るものだろうと思うのであった。羆の件については一先ず安心して、今日一日の作業の充実感と、これからの長い生活を夢に描いて、夕食には、此処では夏場でもビールより酒の方が合っているような気がして、寿子が買っていた地酒の『国士無双』を引き寄せ、熱燗にして塩鮭を宛てにしながら、チビチビと飲み出し、平和な一日が何とか終わったのである。

　このような生活を続けて、隆司は徐々に養蜂業という事業に希望を持って、充実した生活を送るようになっていたが、寿子の方は彼とのこんな生活の中で、未だ自分が協力するような場面は全くなく、一人だけの時間をもてあまし気味な状態の中で、よくよく考えてみると、隆司を愛していたからこそ、北海道くんだりまで付いてきたことは確かだが、だが今から考えてみると、隆司に命がけで惚れたのではなく、隆司の妻である良家の娘理恵に対する嫉妬心と、更には敵愾心が強く働き、隆司の愛を勝ち取るための、女の闘いが寧ろ主であったような気にさえなってきたのである。つまり自分の魅力と、その自尊心を確かめるために、隆司と関係を結び、その行きがかり上北海道までやって来たような気にさえなってきたのであった。よく考えてみると、最早これで理恵との闘いは終わり、同性としての最終目的は達したように思えてくるのであった。だが其れは勝利と言うには、自分の女盛りを犠牲にしたあまりにも寂しい結末であるようにさえ思えて、このままこの地で隆司と生活を続けても、本人は何時までも現実を考えずに夢ばかり追っていて、未だに自分と正式に結婚する意思さえも持とうとしない現実を考える時、何時までもこのような男と生活を続けることに、老後の不安と空虚さを感じてきたのであった。他面隆司もまたこの北海道生活で色々仕事上の苦悩を経験し、寿子が考えるより実際は、精神的には成長しているのであった。従って無意識のうちに彼女の心の中に隠されている懊悩《おうのう》を、徐々に感じ取っていたのだ。だが隆司は寿子が今尚自分にぞっこん惚れ込んでいるものと思い込むように努め、同時にそれは或る意味に於ける理恵の一族に対する優越感の一因ともなって、なんだかヒステリックな可笑しさと寂しさとが混在する複雑な思いがこみ上げてくるのであった。こんな日を重ねているうちに、寿子には間もなく到来するこの地の酷寒に耐え、これ以上自分を犠牲にしてまで隆司と共にこの地に留まる気持ちが徐々に薄れてきたのである。今まで隆司に対して抱いていた気持ちも、結局理恵に対する女性としての対抗意識から来た一種の幻想に過ぎなかったものに思え、これから先の北海道の厳しい生活試練に立ち向かう気持ちが急激に薄れてきて、逆になんとか此処から逃避するための工夫を考えるようになっていた。それは間もなく到来する酷寒に対する病的な恐怖感から逃げ出すための自己弁護的な理由を考えてのことである。このような二人の気持ちの変化は、ふとした弾みで今までの関係が崩壊するところまで来ていた。こんな極めて危険な気持ちを宿しながら、三ヶ月ほどなんとか上辺は平和な生活が続き傍目からは北海道生活に根を下ろしたかに見えていた。隆司も養蜂作業に身を入れ、弥一郎の信頼も得るようになっていた矢先の或る日の夕暮れ、養蜂作業を終えて帰ってみると寿子の姿は何処にも見あたらず、ハッとした隆司は、反射的に奥の座敷机を見ると一通の置き手紙が載っているのが目に入った。急いで封を切ってみると『随分長い間貴男と一緒に暮らし、遂に北海道まで来てしまいましたが、貴男の本心は未だに理恵さんのことが忘れられず、昨夜も貴男は寝言の中で、理恵さんの名を二、三度口にしました。それを聞いた途端、私は冷水を浴びたような想いで、これほど貴男に尽くしたのにとの思いから、一晩眠れませんでした。だから心ならずも貴男のもとを去ることに決心致しました。ではお元気で』このような文面の手紙を残して、留守中にどうやら内地に帰ってしまったようである。隆司にしてみれば、北海道で何とか自分なりの人生最後の夢を実現しようと、やっとその意思を固めた時だけに、寿子のこの行動によって、その計画がガラガラと崩壊していくように思えるのであった。寿子が言うように、今も俺は理恵を愛していることは事実だとしても、如何に俺だって、この仕事に今や全霊を傾けようとして、寿子にもどうにかして此処の気候に慣れてもらい、生活にも仕事上でも、良きパートナーとなって支えてもらおうと努力している矢先に、寿子を忘れて理恵の名を口走ることはとても考えられないと思った。流石の隆司も、これは寿子が此処の寒さが到来する前に、逃げ出すための一種の口実ではなかったのかと疑うと同時に、まさかあの寿子がこんな嘘までついて逃げ出すとも考えられず、思い悩むのであった。だがその反面、寿子の言うように、俺はひょっとすれば心の奥底では、今もなお理恵や二人の娘のことが忘れられずに、慣れない作業疲れの睡眠中に、不覚にもその思いを口走ったのかも知れないのだ。隆司はこのように何れとも判断しがたい煩悶と迷いの中で体の力が総て抜けていくように感じながら、ここに来て初めて、今まで心の隅に押し留めていた寿子に対する疑念が、今現実のものとなってきたことを認めなければならなかった。俺は一体どうすればいいんだ。現実問題として、これから先一人でこの仕事をやっていけるだろうか。依頼心の強い俺には、その自信が全くないのだ。夢を絶たれた隆司は、泣き叫びたい衝動を抑えながら、力のない充血した瞳を、呆然と虚空に投げかけるのであった。

翌朝何も知らない弥一郎は、何時も通り軽トラで迎えにやって来た時、隆司は食事もせず、一晩中まんじりともしないで、布団に寝転がったままで憔悴しきっていたのである。そのようなことを知らない弥一郎は、車の中から、

「おーい隆さん！」

と声をかけた。何時もの隆司は、車が来る前に玄関に立っていたんだが、今日に限ってその姿が見えないのである。体でも悪いのかなと思いながら心配した弥一郎は、車を降りて玄関の戸を開けようとすると、中から隆司が疲れ切った表情で顔を出し、

「どうもすみません」

と言いながら何時も通り助手席に乗り込んできたのだが、弥一郎は素早く何時もと違う気配を見て取り、

「どうしたんや」

と短く隆司に声をかけた。隆司は苦笑しながら、

「いや寿子が寒さから逃げ出しよりまして」

とやや自嘲気味に答えるのであった。

「寒さから逃げ出したって？　昨日まであれほど仲良くやっていたじゃないか」

「はいそうなんですけど、余程彼女は体質的に寒さが苦手のように思います」

「寒さが苦手と言ったって、未だ寒さも来てないのになあ」

「そうなんですけど、私にはどうもそれ以上のことは分かりませんわ」

といって寂しく笑いながら、弥一郎には自分たちの微妙な問題については話そうとしなかった。

「あんたこれからどうすんのや」

「はーそうですね、大北さんが今月一杯で、和歌山の方に蜂の移動準備にかかられる予定なんでしょうから、其れが終わった後、私も大阪まで御一緒にと思っております」

「あんたそれでいいんかいな」

「かまいません。今すぐ私が大阪に飛んで帰ったところで、どうなるもんでもありませんので」

「そうか、そうして貰えば私の方は助かるが」

　と言って心配そうに隆司の顔を見るのであった。隆司は寂しそうに微笑み返しながら、心の中で思うのであった。以前の俺ならば、直ぐに寿子の後を追っていたかもしれないと、こんな弥一郎との会話の後も、隆司は何事もなかったように、精一杯作業を続けるのであった。このようにして、九月初旬まで過ごした隆司は、仕事の区切りも付いたので、九月中旬弥一郎一家と共に、旭川空港より未だ暑さの残る関西空港に降り立ったのである。其処から迎えの車に同乗して、隆司はスカイゲートブリッジを越えたりんくうタウン駅の近くで降りた。別れ際に弥一郎は、隆司に顔を近づけて言うのであった。

「寿子さんの方片づいたら、何時でも和歌山の方に来てくれたらと思うてね」

と何時の間に書いたのか隆司にメモ用紙を渡した。それは和歌山の住所地図であった。弥一郎にしてみれば、仮令僅かな期間であっても、誰もいない山中で共に作業した間に、自分の息子にはない真剣な、隆司の養蜂についての研究心と情熱、それに仕事の上での手際の良さに、非常な親近感を覚えたのであろう。この男は、これからの業界の激しい競争に対し、可成りの戦力になるものと考え、またあまりなり手のないこの業種に対し、色々と苦労した末にたどり着いた隆司のような男は、この仕事を中途で抛り出すようなことはなく、頑張ってくれるものと考え、失いたくなかったのである。隆司もまた、この養蜂に興味を持ち、自分に出来る最後の仕事と考えていたので、

「有難う御座います。兎に角出来るだけ早くけりをつけ、今度お目にかかった時は死に物狂いで働かせて頂きたいと思っております」

と答えるのであった。

今の隆司にとって、弥一郎の和歌山に来いという言葉こそが、自分の後のない人生

にとり唯一の頼りになるようにさえ思えるのであり、また弥一郎にとっても、この隆司の言葉には、何か胸に迫るものがあり、胸中に熱いものを感じるのであった。

　弥一郎と別れた隆司は、俺は弥一郎さんに格好の良い台詞を吐いたが、今の俺には、寿子なしで北海道の生活を続ける自信が全くないのだ。どうも俺という男は、心の中とは異なる体面ばかりを繕う滑稽な男だと自嘲しながら、突然南海本線泉佐野駅から電車で堺まで行くことにした。それは寿子が親しく交際していた同郷の友人が堺に居り、それが頭の隅にあったので、寿子の消息を聞くため出掛けに寿子が残していた手紙を、未練にも服のポケットに忍ばせてきたのである。それによると、その友人は堺市市之町のマンションに住んでいるのだが、乗り合わせたタクシーの運転手は、そのマンションを直ぐに見つけてくれたのである。看護師をしているその友人に、幸いにも直ぐに会うことが出来たが、その女性の話によると、もう随分寿子とは会っていないので確かなことは分からないが、やはり大阪にいる同郷の友人の話によると、寿子は最近郷里の奄美大島に帰って、昔の友人の世話で、観光ホテルのウエートレスとして働くことになったように聞いている。だがそのホテルの名前までは知らないとのことであった。隆司はその看護師の話は、多分事実であろうと思った。大分前から会っていないというのは、北海道に行ってからは会っていないことになるのであろう。多分自分の下を去ってから、そのまま奄美大島に帰って、運良くホテルに就職口があったのか、或いは、北海道にいる間に、奄美の友人に就職口を依頼していたのかもしれない。そのような事情から考えれば、余程寒さに病的な恐怖感を持っているのだろうか、いや郷里に帰ったとすれば、彼女なりのもっと深い理由があるのかもしれないと考え、もしそうだとすれば、自分がこれからノコノコと奄美まで迎えに行ったところで、もう自分の許へは帰ってこないということがはっきりした。自分としては未練はあるが、寿子との関係は、これで終わったものと考えなければならないだろう。彼女が郷里に帰ったのは多分彼女なりに考えて、俺の現実味のない夢に愛想を尽かし、少女時代に過ごした郷里の、年中暖かい幻想的な自然の中で、今まで彼女なりの野心と面子のために生きてきた、仮の姿ともいえる都会生活を捨て去り、自分の心を癒やしながら、老後の基礎を造り、静かに生きようとしているのかもしれない。俺が夢の中で、妻理恵の名を口にしたかどうかは別にして、キッパリ妻と離婚もしない、失踪者である俺と暮らしてきた彼女にとっては、口にこそ出さなかったが、女性としての誇りを傷つけていたことは事実であり、今となっては、置き手紙の内容の真偽等どうでもよいことであって、中年過ぎた彼女が、今新しい生き方を模索し、出発したことを妨げる資格など俺にはないのだ。否寧ろ彼女に、心からなるエールを送るべきだと考えつつ、反射的に理恵と二人の娘のことを思い出して、俺という人間はなんと身勝手な背徳者であり卑怯者なんだろうと思いながら、今俺の頭の中には自分の抱く北海道への夢と、捨てた家族と、逃げた寿子という存在が、絶えず錯綜して、その矛盾の中で懊悩する自分を、どうにも制御することが出来ないのである。それが証拠に、失踪者である身で、知人に会えば大変なことになるかもしれない危険性を意識しながらも、敢えてその危険なエリアを懐かしみ、其処から一刻も早く立ち去らねばという思いと、またどうにも去り難い思いとが交錯して、相互に相反発しあうことに恰も極限の苦悩を楽しむかのようにそこから去り難いのがその現れであろう。このような思いに暫く囚われていた隆司が、やっとその思いを断ち切り、突然行く当てもなく電車に乗り難波まで出て、知人に会うのを恐れてそこからタクシーに乗り込み、何故か無意識のうちに木立に囲まれた公園に安らぎを求めて、大阪城公園を指示し、薄暗くなりかけた夕暮れの大阪城公園に足を踏み入れたのである。其処には、初秋の夕暮れ時の散歩を楽しむ多くのカップルがいるが、隆司などに目を留めるような人もなく、もともと大阪人でありながら、まるで孤独な異邦人のような錯覚を覚えるのであった。彼は周囲の散歩する人に歩調を合わせるように歩きながら、どうやら此処が落ち着いて、自分の存在を確かめることの出来る唯一の場所であるように思え、ぼんやりと公園の堀を眺めながら、暫く安宿暮らしする程度の金ぐらいなら自分の懐にあるのだが、なんだか安宿を探すのも億劫な気がして、危険がなけりゃいっそのこと、このまま公園のベンチで一晩明かしたいような気がするのだった。隆司は暗くなった堀の水が、近くの外灯に照らされて水面を撫でるそよ風に、微かにきらめく波紋を見詰めながら、少なくとも俺は、長谷部と阪神大震災の復興作業の手伝いをし始めた頃から、自分でも気付くほど、真面目に生きようとしてきたことだけは間違いのない事実だと考えながら、一体俺のような人間は、善人でないとしても、それなら悪人に部類するのかと自問しながら、世の中には立派な人として尊敬される人だって、邪悪な面が全く存在しない人なんていないるんだろうか、どんな人でもある種の条件に反応した時、突然条件反射として、悪に走り人を殺す場合だってあろう。それに反してどんなに悪人だって、生涯に一つや二つは善行を行うことだってある筈だ。とすれば、人間には『絶対』というものは存在せず、善人でも悪人でも、本来同質のものであり、偶然か作為かによって一定の条件が加われば、善人になったり悪人になったり、突然変異が生ずるものではないのかなあと途轍もない思いに耽っている時、不意に暗がりから低い声で、

「おいおっさん！」

と呼びかけられ、隆司はあまり突然のことでドキッとして振り返ると、外灯の陰からヌーッと無精髭を生やした五十がらみの一人の男が近寄ってきた。一瞬恐怖感を覚えて身構えながら、虚勢を張って、

「なんやねん俺かいな」

「そうだよ、此処に居るのは今おっさんしか居らへんやないか」

「一体俺になんの用やねん」

「おっさんもフリーターかいな」

その声は聊かしゃがれていて、よく見ると無精髭の中に、どうやら善人面が感じ取れるので、隆司は少し安心して苦笑いしながら、

「俺がフリーターと見えるかいな」

と言うと、その男は少し白髪交じりの髭面に、笑みを浮かべながら、

「自慢にもならんが、俺は現在ホームレス十年目の人生をやってるんや。だからおっさんが今どんな環境にあるかは、その姿を見れば直ぐ分かるんや」

「ほーそれは大したもんやな。ところで今の俺はどのように見えるかいな」

「実に寂しそうな、生きるのに疲れ果てた感じが、その姿に滲み出ているんや」

隆司はその男の観察力に驚きながら、

「偉いもんやなおっさんの観察力は、実はフリーターになりたてなんや」

と隆司も、相手の言葉遣いに調子を合わせながら言うのだった。

「別に褒められることでもないが、最近つくづく思うんやが、人の運命というものは、どんなに努力しても、最初からきまってるんやないかと」

「そんなもんかいな、そういえば俺なんかも、なんとかせんといかんと思って、一生懸命に努めたが、とどのつまりがこの様さ」

「そうかいな、それであんたこれからどうするつもりやねん」

「今のところ、未だ何も決めてないんや。今日の塒《ねぐら》さえ考えてない始末や。カプセルホテルにでも行こか、それも面倒臭いなと思ってこの堀を眺めていたとこなんや」

「やっぱりそうかいな。なんだかそんな風に思えたので声をかけたんやが。あんた言葉使いから大阪人らしいな。なんやったら想い出に俺の家に泊まっていかんかいな。家と言っても、桜宮近くの大川沿いのブルーシートハウスなんやけどな。此処からは一寸歩かないかんけど」

と言って男は笑うのであった。その顔をよくよく見ていると、凡そ服装とは不似合いの、如何にもインテリジェンスのある風貌なので、隆司はこの男なら大丈夫と思って、

「ではお言葉に甘えてあんたの家に泊めて貰うことにするわ。大川は昔よく天神祭を見に行ったもんだが、あの大川を前にして建てられた家とは、さぞや風光明媚なもんやろうな」

「そうやな、冬は西から川面を撫でて吹く風をまともに受けて実に寒いが、それ以外はそれぞれの季節に応じて、大都会の真ん中で自然の変化を楽しめて実によい場所やな」

そんな会話をしながら、途中隆司は手土産代わりに酒と寿司を買い求め、その目的

の小屋に着いた。なるほど、小屋の前方には大川が静かに流れ、それを挟んで対岸の西方には、林立するビル群のネオンが輝いて、暗黒の川面に赤や青の華やかな光の帯が揺らめき、美しい光景を映し出している。その男の小屋は、川辺に沿った堤防の傾斜地を利用して建てられた一坪足らずのものであり、継ぎはぎだらけの青いビニールシートで囲まれている。男と共にその一角の扉の鍵を開けて中に入り、男が手探りでつけたランプに照らされた内部は、携帯用コンロに鍋釜など整然と並べられ、驚いたことには、正面には比較的新しい本箱に、隆司など未だ手にしたこともない哲学や法律経済はては文学などの本まで並んでいるのである。あまりにもその生活に不似合いの書籍に、隆司は内心驚きながら、今こんな生活をしているが、以前は可成りの人だったんだなと改めて男の顔をジッと見つめ直し、

「あんた随分インテリーなんやな」

と驚きの声を発すると、

「どうしてやねん」

「そりゃ如何に俺だって、この本見りゃ、あんたが昔どんな人だったかは分かるがな」

「ここではそんな本自慢にもならんわ。過去のことはどうでもいいんや。ただ捨てるのが勿体ないから置いてあるだけなんや。強いて言うたら、その本を並べておくことによって、俺には精神的堕落防止の薬になっているんや」

「成る程な。分かるような気がするな」

と言いながら、隆司は今も鞄の中に大切に大工道具を持ち歩いている自分を考え、思わず苦笑いするのであった。

「何しろここに流れ着いた者は、お互い過去のことを言うたり聞いたり、また戸籍上の名前を明かさないことになってるんや」

「ほーそうかいな、そしたら過去のあんたがどんな立派な人か知らんが、お言葉に甘えて、おれもおっさんと呼ばせて貰うわ」

「そやそや、それでええんや」

と言いながらおっさんは寂しげに笑った。頃合いを見て、先程隆司が買ってきた寿司を宛てに、コップ酒をチビリチビリとやりながら、夜の更けるのも気にすることなくしゃべり合っているうちに、隆司も徐徐に打ち解け、

「ところで俺はここが大変気に入ったが、この隣に小屋を建ててもいいかいな」

「そうやな、大阪市が一斉撤去命令でも出さない限り、公園管理事務所は今の社会状態から、追い払うのは気の毒やと思って、余程の不適当な場所か不衛生でもない限り、黙認してくれているんやが、ただブルーシートの隣人組合というものがあって、そちらで認めて貰わんと具合が悪いことになってるんや」

「へーそんな組合があるんかいな」

「こんな所でも自治的な秩序維持のためにはな、明日にでも俺の方から組合に相談してみるわ。どうなるか分からんが、それまで待ってくれへんか」

「そんなら頼むわ。ところで入会には金が要るんかいな」

「そんなもんは一切要らんが、それよりも小屋を建てるにしても、廃材を集めておく必要があるんやが」

「いや、それは俺の方で適当に集めてくるよ」

とさもことも無げに言ったので、一寸おっさんは驚いたようであるが、隆司の本職は大工であり、今も手放さないでその道具は鞄の中にあるのだから。その晩はおっさんの小屋で、一杯機嫌の二人は仲良くごろ寝したのである。翌朝おっさんは、早速組合に掛け合ったところ、おっさんの信用もあったのか直ぐに許しを得たとの連絡を受け、隆司は早速おっさんの知人からリヤカーを借り受け、郊外の製材所から使えるような廃材を購入し、また日曜大工店でブルーシートを買ってきて、二、三時間でこざっぱりした小屋を作り上げたので、それを見ていたおっさんは、

「見事なもんやなー立派な道具もあるし、まるで大工さんが作ったようやで」

と半ば驚きと共に褒めたのであるが、ここでは、何があっても過去のことは明かさないことになっているので、隆司も惚けて、

「まあなんとか、おっさんの小屋を参考に出来上がったわ」

と小屋の出来映えを眺めていると、おっさんはさも言いにくそうに、

「暇な時でいいけど、済まんが冷蔵庫の置く台を作ってくれへんやろか」

「事安いこっちゃがな。恩返しのつもりで何時でも作るよ。ところでその冷蔵庫今あるんかいな。あったらその大きさ見せて欲しいんやけど」

おっさんは小屋の後ろから、小さなツードアの電気冷蔵庫を持ち出してきたのである。

「それかいな、ええ冷蔵庫やんか。だが電気どないすんねんな」

「氷放り込んどいたらと思って」

「成る程な、今年は何時までも、こう暑いとな。よっしゃ、これから作ったるわ。それぐらいなら残りの廃材で十分や」

隆司は早速廃材を組み合わせて、一時間ほどで頑丈な冷蔵庫置きの台を作り上げると、

「立派な台が出来たなー新しい台を買ってきたみたいやな。とても俺なんかには出来る代物ではないよ。おおきにおおきに」

と言いながら、

「これ飲んでくれや」

と言って、ビールのショート缶二本とピーナッツの小袋を渡すのであった。

このようなブルーシート部落は、今の隆司にとっては天国であった。其処では誰に気を使う必要もなく、気侭な生活を送ることが出来るからである。しかも彼の身につ

いた大工技術は、誰言うとなく部落の人々に大いに重宝がられ、雨が漏るからとか、風で扉の開閉が旨くいかないとかの理由で、修繕を依頼されると、気安く補修してやったり、別に金を受け取ろうとしないので、このような集団の中では、尊敬さえ受けるようになっていたのである。また彼には、未だ多少の金もあり、当分皆と同じように、ダンボールや空き缶拾いに歩き回る必要もなかったので、言わばこのブルーシート部落では、ちょっとした上流階級なのである。だが彼のこのような生活も暫く時が経つに従って、集団の中にありながら、堪らなく孤独と焦燥感に苛まれるようになってきて、自分は何時までもこのような集団の中に留まるべきでなく、なんとか精神的なケジメがつけば、再び大北さんの下で働くか、独立した養蜂業を立ち上げて、人生最後の勝負に挑もうとする気持ちが徐徐に強まってきたのだが、あの荒涼たる北海道生活を乗り切るためには、寿子を頼りにしていただけに、彼女に逃げられた今、なかなか決断が付かないのである。このブルーシート部落の生活を送りながら最近の彼は、来る日も来る日も、ぼんやりと大川の流れを見詰めながら考え込む時間が多くなってきた。今のこの心境では未だあの厳しい北海道生活を一人で送る自信はなく、自分勝手な理由をつけては、この危険な大阪に住み着こうとしている今の自分に、ほとほと愛想が尽きる思いである。この煮え切らない行動のために、下手をすると養家には勿論実家の兄等にも、恥の上塗りをさせることにもなり兼ねないのである。自分が家を飛び出しこの丸九年近くの間、どんなに皆に迷惑をかけたことかは、自分が一番よく知っていることであり、妻や娘にまた実家の兄等に罵倒されてもそれは当然の報いだと思っている。今にして思えば、なんの不満もない妻や娘それに養親に対して、ただその生活が窮屈で、一寸世間に良い格好したいがための理由で、どうしてあんな馬鹿なことまでして駆け落ちしたのか、どう考えても弁解のしようもないが、人間は時として、後で冷静に考えれば途轍もなく矛盾した行動に出る場合もあり、自分の場合だって育った家庭環境と養家の環境が余りにも違い過ぎて窮屈な思いをしていたことは事実としても、考えてみれば義姉夫婦は別にして、養親等は寧ろ自分に合わせてくれていた気さえするのに、言わば自分にとっては濁った川に棲んでいた鮒が慣れない清流に放たれ棲み辛い思いをするのと同じことだったのだろう。裕福な家庭を捨ててまで駆け落ちしたのは、勿論寿子にも思惑があったにしても、結果的には自分の優柔不断と無責任さが寿子の人生の一時期を狂わせ、自分も亦その苦労の末自分ながらの目的に目覚めながらも、その目的を貫徹する意志さえ持てずに全く矛盾した心境を抱えて悩むのであった。だからこのように恥ずかしい思いをするならいっそのこと自殺をと思う反面、未だ尚生に対する執着心を放棄することも出来ないのである。この苦悩の継続こそが、かっての背徳者である自分に対する宿命的な定めなのかと、彼がぼんやりの見詰める大川の水面は迫り来る晩秋の北西風に叩かれて、微かな波音を立

てて騒いでいるのである。突然後ろから、

「おっさん！」

と呼びかける声がしたので、隆司は我に返り慌てて後ろを振り向くと、其処には隣のおっさんが立っていた。

「あ！　あんたかいな。吃驚したがな」

「あんまり意味深長な後ろ姿をしてるんでな」

隆司は心の中を読まれたような気がして、聊か反発するように、

「そんなこと後ろ姿で分かるんかいな」

「そら分かるがな。娑婆の女房や子供が恋しなってきたんと違うんかいな」

「うんまあな」

ズバリと心中の思いを読まれて、争う気も起こらず正直に答えた。此処では一切の虚勢は必要ではなく、皆は本音の侭話し合って暮らしているのである。その点俗世間と較べて、精神的には非常に楽であり、ここは人間性に満ち溢れた世界とも言えるのだ。

「無理もないこっちゃ。おっさんはついこの間、我々の仲間入りしたとこなんやから。長年此処に住み慣れた我々だって、何かの弾みで娑婆のことを思い出すもんな」

「そらそうやろなあ、なんぼおっさんでも、此処の生活は仮の姿やもんな」

「さーそれはどうだか、俺ぐらいの年季が入ると、これが本当の姿かもしれんよ」

と言って虚無的な艶のない声を立てて笑いながら、続けて言うのであった。

「後悔しないためにも、なるべく自分に逆らわないことだと思うよ。俗世間が思い出されるなら、未練がましくとも、もう一度俗世間を見学してきたらええがな。その結果俗世間の方が良いと思えば、其処に帰るべきやし、こっちの方が良いと思えば、何時でもこっちに帰ってきたらええやないか。兎に角痩せ我慢して、自分の思いに抵抗せんこっちゃな」

と隣人のおっさんは、何時になく威厳に満ちた顔つきで諭すのであった。隆司はその威厳に圧されて、突然ブルーシート部落の言葉ではなく、おっさんに敬語をもって答えるのであった。

「そうですね。今の私が精神的にどん底と思っていましたが、今の貴方の言葉で、もう一度本当のどん底に自分を落とさない限り、この部落の本当の必要性とその良さを味わうことが出来ないことを悟りました」

おっさんもまた言葉を改めて、

「そうですか、もう一度あんたを拒絶する極限の状態を味わってから、その拒絶に反発して、より次元の高い現実的な社会生活を目指すか、またその抵抗の無意味さを悟って、ここの生活に戻ってくるかということを、もう一度よく考えてみる方がよいと思いますが、中途半端な気持ちでは、この生活は続きません。それを確認したその時こそ、貴方の意志は、再び揺らぐことはないでしょう」

と無精髭を生やして、前歯の一本抜けたこの風采の上がらないおっさんが、凡そ風貌とは不似合いの、極めて威厳のある言葉遣いでいうのであった。隆司は今目の前にいるこの人こそは、インテリゲンチャとして、さぞや自分の羞恥の極限を体験してきたか、それとも誇り高く俗世間に背を向けた結果として、ここの住民になったか分からないが、その言葉には真に説得力があるように思えるのであった。隆司にしてみれば、自分中心に面白可笑しゅう生きようとして、家族を裏切り、自由を求めて、寿子と共に駆け落ちまでしたが、その結果がこの様であり、今孤独の中で苦渋を味わっている自分には、その言葉は難しいものではあるが、骨身にしみるように思えるのであった。隆司の心にふと尊敬の念がわいたこのおっさんに向かって、

「はいそのように致します。家族を裏切り背徳行為をしてきた場所にもう一度行って、おっしゃる通り、自分ながらの極限の状態を体験しその上で、再び御世話になるかどうかを決めたいと思います」

「悪いことは言わない。そのようにしなさい。その結果ここに帰るのもよし。また未来を神に縋るのもよし。更にはその後の運命を貴方自身で開拓するもよし。いずれにしてもそうすることにより、貴男は迷いから覚めるのではないでしょうか」

とおっさんは、過去の自分を思い出しているのだろうか、慈愛に満ちた目で寂しげな笑みを返すのであった。そして何を思ったか突然、自分の身上の一端を語り始めるのであった。

「私はすべてのことに失敗しました。そして病気をして、私の信頼する人から『信仰せよ。神は心からの信仰者に対しては、その代償として、慈悲に満ちた無形の救済の手を差し伸べてくれるものだ』と教えられ、敬虔な信仰を続けてきたが、遂に邪悪な私は神の救済すら受けることが出来ず、その結果得たものは、信仰の究極目的は、医学と心理学の分野で処理出来るものと確信しました。つまり神とは、人の心の奥底にある一つの構えで、それはつまり至高又は純粋の理性に置き換えられるべきものではないかと、このように考えると私にはとてもそのような強靭な理性と勇気もなく、自分の能力と体力、それに対する活動の限界を知り、将来の可能性を見失いました。だからすべてを理性によって処理する人に感心こそすれ、私自身は現在の生活に迷ったこともなく、最早純粋諦観の域にあるつもりです」

隆司はおっさんの言う言葉は難しいが、全体の感じで少しは分かるような気がするのであった。

九、失踪宣告

　隆司が失踪してからもう十年になる。家出当初は家族も必死で、警察や隆司の勤務した関係の建設業界の協力まで求めて捜して貰ったのであるが、遂にその所在を突き止めることが出来なかった。尤も刑事犯でもないので、警察も積極的に捜査するわけでもないのだが、発見すれば直ちに連絡を受ける手筈になっていた。また東田家でも、親族知人などを通じて可能な限り情報を集め、八方手を尽くして捜したのであるが、やはり発見することが出来なかったので、終いには誰言うとなく北朝鮮へ拉致されたのではないかとの噂まで流れる始末であったが、今ではもう家族の中に、隆司が存在しないのが正常な状態となり、理恵と隆司との間に出来た、二人娘の姉芳江は公立中学、妹の智子は私立大学の附属中学と、共に教員として平穏な生活を送るようになっていた。これは理恵の姉二人の堅実な職業を手本にした結果であった。また理恵本人も、夫隆司の使い込んだ父の金を返済するため、近くの病院の事務職員として受付案内を担当し勤務していたので、今の一家にとっては、なんの不満もない幸福な家庭環境が出来上がっていたのである。だが東田家にとって、隆司が噂通り北朝鮮へ拉致されたのか、それとも日本の何処かでもう死んでいるのかは全く不明で、以前阪神大震災直後の現場で、隆司を見かけた本家の息子寛も、人違いであったと思ったので、東田家に大騒動をもたらすこともなかったのである。だが東田家としては、何時までもこの問題を放置しておくことも出来ず、理恵自身も、もう昔の理恵とは違い、年頃の娘二人もいることでもあり、家出の動機も本来不倫との関係があるだけに、隆司との法律上の関係を、早急にケジメを付けておきたいと思うようになっていた。そこで或る日、父の健太郎にそのことについて相談してみると、

「そうやなー、俺の教え子の中に弁護士になっている人もいるんだが、教え子にこのような内輪のことについて話すのもあまり気が進まず、俺も迷っているのだが」

ということであった。ところがその後間もなく、市の広報を見ていると、偶然にも『行政書士等による無料法務相談』というのが毎月開かれているのが目にとまり、それが一体どのような相談にのるのかが分からず、兎に角電話をかけて尋ねてみようと思って、早速電話してみると、当方は弁護士でないので裁判所への手続きの代理は出来ないが、どのような手続きをすればよいか、書類の作成も含めて相談させて戴くことは出来るとのことで、ましてこのような事件は、紛争事件でもないので、自分で書類を作成して、家庭裁判所の方へ提出されればよいわけです。後は家庭裁判所の調査官が、調査した結果に基づいて、死亡者として取り扱うか否かの判断をされるのです。

との返事を得て、幾分気分が楽になり、当日会場に行ってみると、其処には既に十数人の相談者が来ており、五人ばかりの行政書士と思われる人が相談にのっていた。やがて順番が来ると、理恵は家庭内の恥を晒すように思えて、少し面映ゆい思いをしながら、おずおずと話を切り出してみると、その先生が言うには、

「現在社会においては、そんなことは大なり小なり何処の家でも抱えていることで、恥でも何でもありませんよ」

と笑いながら話し出したので、理恵もついその語りかけに釣られて、相談の核心について話し出してみると、

「ああ分かりました。貴方の場合は、人事訴訟手続きにより裁判離婚の申立も出来ますが、然し御主人は貴女との結婚と同時に、御両親との間に養子縁組をなさっているので、その両方の法律関係も同時に清算するには、失踪宣告の申立をなさる方がよいと思います。もう失踪されてから十年以上も経過していることですし、この失踪宣告というのは民法上失踪後七年以上の経過を要件としておりますのでこの申立が出来ることになりますが」

「はい、分かりました」

「ところでこの申立をする裁判所は、貴女の御住所から考えて堺の家庭裁判所ということになります。先ずそこへ行って。失踪宣告申立用紙を貰い、必要事項記載の上、

中立人である貴女及び、御主人の戸籍謄本と御主人の戸籍附票を提出されればよいわけです。記入事項としては特に中立の実情を詳細に記入することが必要でしょう。例えば失踪後何時警察に届出をしたか、自分達もどのような方法で手を尽くして捜し回ったが、遂に発見出来なかった等、それについて何か証拠となるような資料があれば、念のため申立書に添付されれば如何でしょう。中立時には、官報の掲載料や書類送付の郵便切手、その他手続費用の予納として全部で一万円ほど用意されていけば十分足りると思います。またこの事件は中立をしてから宣告までざっと一年近くの日数を要しますが、これは本人が生きているかどうか、家裁の調査官が調査した上で一人の人間が、戸籍上死亡したものとして取り扱われることになるのですから、慎重に行われるのは当然でしょう。次に家裁の審判が確定すると、その審判書を持って市役所戸籍課に提出されればよいのです。裁判所の方からも戸籍課の方に通知されることになっているそうです。以上のようなことですので、別に弁護士に依頼されなくても、貴女御自身で十分出来ることではないでしょうか。尤もどうしても自分でするのは抵抗があると思われるのであれば、私達NPO法人の中に弁護士が居られますが」

と言われて、そうだわこの問題は自分で解決すべきだと決心し、何時までも心の中で悩んでいないで、もっと早く解決すべきだったと後悔し、隆司の年齢からすれば、ひょっとして未だ日本の何処かで生きているかもしれないけど、これだけ長い間音沙汰がないということは、仮令生きていたとしても、屹度もう私達の前に出てくるつもりはないと思われるし、この件については二人の娘も口にこそ出さないが父はもう死んだものとして心の中で整理している様子だし、と理恵は今に至るもあれこれ考えるのだが、他面長い間もやもやしていた心の中に、なんだか急に明かりが差してきたようで、終始笑みを湛えてテキパキ相談内容の説明をしてくれた、隆司とほぼ同年配と思える目の前の行政書士を見ていると、つい兄のような親近感を感じながら、

「どうも長い時間、有難う御座いました」

と感謝の念を込めて言うと、

「いやどう致しまして、貴女が今日の最後の相談者ですから」

と爽やかな笑い声を立てながら、

「もし家裁から書類を貰ってこられて、記載方法について不明な点がありましたら、何時でも御連絡下さい。一緒に考えましょう。連絡場所は広報の電話を通して下さい」

「その折には、またよろしくお願い致します」

と言ってその部屋を出てくると、なんだか長年胸につかえていた憑きものが落ちたような気がして、晴れやかな思いでビルのエレベーターの昇降口まで急ぎ足で来ると、母の和代とバッタリ出会ったので、吃驚して、

「あ！　母さんどうしたのよ？」

「どうしたのって、母さん少し心配になってやって来たの」

「そうなの有難う、でも思ったよりはるかに簡単に話が済んだの。担当の行政書士の先生が、極めて要領よく説明して下さったので、心の中もすっきりしたわ。そんなこと弁護士に依頼しなくたって自分で出来ますと言われちゃったの」

「そうなの、何事によらず自分で出来ることは自分でやれ。そのため無料相談会を開いているんだということなのね」

「全くそうなのよ。私はこのような問題は弁護士でないと相談出来ないと思っていたけど、そうでもないのね。若し分からないことがあれば何時でも連絡して下さい。一緒に考えましょうといって下さって、ほんとに嬉しかったわ」

「え、そうなの親切な方ね。それは良かったね。普通なら教えてやるというところなのにね」

「ええ私いっぺんにその先生の言葉に惚れちゃったわ。なんだか兄のような気がして」

久しぶりに見る嬉しそうな理恵の顔を見て、親として心底嬉しさが込み上げてきて、

「ほんとに来てよかったわね」

と繰り返すのであった。理恵は余程その行政書士の言葉に刺激されたのか、

「私これから堺の裁判所まで行って、失踪宣告の申立用紙を貰ってこようと思うの」

「え？　これから直ぐ行くの。それじゃ私も一緒に行ってあげるわ。堺まででじゃそん

なに時間もかからないし」

「あ！　ほんとに、いやー私馬鹿ね、考えてみれば今日は日曜だわ」

「ああそうだわね。あんたがあまり嬉しそうで、一緒に堺の家裁まで飛んで行こうと思って、私も日曜なんか忘れていたわよ」

と言って顔を見つめ二人は笑うのであった。

「お前も苦労するわね」

「母さん御免ね。馬鹿な相手選んで迷惑かけて」

「馬鹿な相手と言ったって、芳江や智子にとってはお父さんじゃないの」

「そらまあそうだけど、あの子らにすりゃ、お父さんはもう死んだものとして、私と違って、もうとっくに心の整理をしているものと思うの。それが証拠に、もう随分長い間お父さんの『お』の字も言わないわ。私だって子供らと共に、随分長い間苦労してきたんだから、今更私達の前に出てきたって、家に入れるつもりもないし、今まで随分悩んだけれど、娘らのことを考えると、もう少し早くケジメを付けておくべきだったたと思うぐらいなの。だから何処かで生きて苦労していても、それは自業自得としか言いようがないと思うの。また仮に事業で成功していても、私達は彼に頼る気持ちなんて全くないから」

「そう、お前が其処まで隆司さんに対する思いを断ち切っているんだったら、今更母さんは何も言わないわ。それにしても、子供らはそれぞれ立派に成長して、よい社会人になってくれたわね」

「そうね、子供は親の後ろ姿を見て育つと言うけれど、あの子らは、私らじゃなくて、屹度父さんや母さんの後ろ姿を見て育ってくれたんだわ。この点私は何時も父さんらに感謝してるの」

「有難う。その気持ちだけでも嬉しいわ。お父さんも、例の隆司さんが土地を担保にして融資を受けた問題についても、その後全く何も言わずに処理されたけど、或る日チラッとほのめかされた言葉から、利息も含めて、多分父さんの退職金の五分の一ぐらい充てられたんじゃないかしら」

「え！　そうなの？　私も病院勤務の給金から、少しずつ貯めて返済しようと思っているの、完全返済は何時のことかしら」

と笑うと、母の和代は、

「へー返済のため貯金してるの？　その気持ちだけでも父さん屹度喜ぶわよ。それもいいけど、父さんの病気が治ったと言っても、左半身が未だ完治していないでしょ。私が元気な間はいいけど、今度はお前が父さんの杖となって助けてあげたらいいじゃないの」

「勿論どんなことがあっても、私はそのつもりよ。でもね、父さんが脳梗塞で倒れて、あそこまで回復したのは、母さんの努力もあったんだけど、ほんとに奇跡のようだわね」

「あれは決して奇跡じゃないのよ。私は身近にいてよく知っているの。父さんの血の滲むような努力の成果なのよ。ここ五、六年は貴女もよく知っているように、毎日毎日トレーニングウエアーを着込んで、リハビリセンターに通い詰め、水中歩行練習やローイングマシーンによる屈伸運動と、傍目にも涙の出るような努力を積み重ねてきたの。その成果があれほど悪かった機能をあそこまで回復してきたのよ。父さんは元々そんなにお酒を飲む方じゃなかったし、飲むにしてもほんの付き合い程度のものだったので、そんな人がまさか脳梗塞で倒れるなんて、母さん今でも不思議なの」

「そうだわね。父さんがぐでんぐでんに酔った姿なんて、私も子供の時から見たことないものね」

その日はこのような話をしながら帰宅して、早いに越したことがないと、翌日二人は早速家裁にやってきた。別に緊張することもなく、書記官室の受付窓口で失踪宣告申立用紙を貰い受け、家に帰ってきてそれを父に見せると、

「ほー手っ取り早く、もうこんな用紙まで貰ってきたのか」

と笑いながら、健太郎はその用紙を見て言うのだった。

「このようなことなら、何も弁護士に依頼しなくても、理恵だって書けるじゃないか」

「ええそうなのよ。無料相談会の先生も父さんと同じことをおっしゃってたわ。もし分からない箇所があれば、何時でも御連絡して下さいと、実に丁寧に教えて戴いたので、今までの胸のつかえが下りて、ほんとにすっきりした気分になったわ」

「それはよかった。久しぶりに理恵の全く陰のない笑顔を見て、俺もほっとしたよ」

「長い間皆に迷惑をかけてしまって、本当に申し訳なく思っているの」

としおらしく頭を下げる理恵の姿を見て、健太郎は和代と顔を見合わせ、にこやかに目を細めるのであった。暫く間を置いてから、

「理恵も隆司君と決着をつける決心をした以上、それについて俺は何も言うことはないが、兎に角、こんなことを何時までも不安定な身分関係の侭で放っておくわけにもいくまいし、私ら夫婦との関係においても、養子という関係がある以上、私が死んだ場合の相続関係も考えておかねばならんのでね。つまりこのままでは、隆司君にも相続権があるということで、家中にややこしい問題を残すことにもなる。彼が生死不明である以上、他の相続人も直ぐには相続出来ないような自体も起こる可能性があるのでね」

その時和代は傍から、

「そう言えばそうね。このまま放っておくと、隆司さんは理恵とは夫婦関係、私達夫婦とは親子関係がずっと続くことになるのね。でも芳江と智子は、血が繋がっている

以上どうにもしょうがないのかしら」

　それに対して理恵は、

「私は二人の子に対してはほんとに申し訳なく思うけど、でも二人はもうとっくに、精神的には隆司との親子関係は卒業しているわ。隆司が東田家から失踪しなければならない何か悪い理由でも当方にあるなら未だしも、彼の不倫の結果がこんなことに」

　と言いながら涙ぐむのであった。健太郎と和代は、突然涙ぐんでの辛辣な理恵の言葉に、驚いて顔を見合わせるのであった。あの昔の気の弱い理恵なら、とてもこのようなことを口にすることはなかっただろうと思いながら、健太郎は理恵の気を静めるために、その言葉を引きとって、

「そうだね。今までの我が家は、皆で長い間不運な大波と闘ってきたようなもんだ。この大波を治めるためにも、このような失踪宣告の申立もやむを得ないのだよ」

　と理恵の高ぶる気持ちを鎮めるように、静かな口調でいうのである。健太郎にすれば、隆司に対して、結婚後は出来るだけ実の親子のように接してきたつもりであった。それだけに隆司の行為は、当にその気遣いを裏切ったものであった。それを思うと理恵は、この父の言葉の裏には、何か内心の怒りを、心の中に仕舞い込もうとしているように感じられるのである。今丁度窓ガラス越しに差し込む夕日に照らされて、微かに頷くような父の横顔を見ていると、定年後余生を安楽に送るべき父が、突然の自分

の病気や、隆司の不始末という運命と、再び長い間戦い続けて、今やっとここに一区切りつけて闘い終えた、老戦士のようにさえ思えるのであった。理恵は心の中で、その父に手を合わせるのであった。

数日後理恵は、裁判所から貰ってきた失踪宣告申立書をコピーして、其処に先ず必要記載事項の下書きをしてみたのである。それによれば、人の噂では、夫隆司は失踪時得田寿子という女性と一緒だったこと、現に同時期同女性も姿を消していることについて知人を通じて確認したことを冒頭に記載し、その後家族としては出来る範囲で捜し回ったこと、その証拠方法として、同人も会員である大阪府建築協会を通じて、大阪府下の同業者に対し、隆司の写真入りのビラを配布し、発見すれば同協会又は同人家族に連絡されたい旨依頼した当時のビラのコピー、更には勤務先管轄警察署への捜索願依頼書提出の事実等を記載し、その後今日までの経緯として、最早愛情も消失し、年頃の教員をしている娘二人の存在、更には年老いた両親との養親子関係継続等の法律上の問題も述べ、これ以上迷惑をかけるに忍びず、やむを得ずここに失踪宣告の申立を行うと記載されていた。

「父さん、なんとか中立書を書いてみたんだけど、これでいいかしら」

とその用紙を見せると、それを受け取った健太郎は、直ぐに目を通すなり、

「これでいいじゃないの、事実関係もよく分かるし、その証拠となる文書のコピーま

で用意されているし、父さんからは何も言うことがないほど、立派に作成されていると思うがな」

　と言って、理恵の努力を心から労うのであった。父のこの言葉で幾分自信を得て、これで家庭裁判所に提出出来ると思った。これほど真剣に文書を書いたのは、会社を退職して以来初めてのことであった。

「じゃ父さん、これで清書して裁判所に提出することにするわ」

　と言ったが、翌日念のため、相談会で指導を受けた行政書士の河村《かわむら》さんに連絡を取ると、これから河内長野市役所に行くところだとのことで、そこで待ち合わせて、それを見て貰うと、

「見事な申立書が出来ましたね。弁護士さんが作成したより、詳細で事実関係がよく分かりますよ」

　と言ってくれたので嬉しくなり、直ちにそれを清書した上、添付書類として、戸籍謄本や戸籍附票、収入印紙を官報の掲載料等河村に教えられたものを添えて、早速家裁に提出したのである。家裁の方は、何も言わずに受け取ってくれたので、やれやれと思っていると、一週間ほど経ってから、家庭裁判所調査官から理恵の方に、その後隆司氏の方から何も連絡がなかったかと、確認のための照会書がきた後、更に今度は調査官から呼び出しがあり、何事だろうと思って裁判所に出頭してみると、その女性

調査官は理恵に対して、裁判離婚という方法もあるが、考えてみてはどうかとのことで、それがどのような意味を持つかについては前に河村から聞いていたが、その調査官に対しては、今直ぐお答えは出来ないので、よく考えてから連絡すると言って帰ってきたのである。帰宅してから理恵は、父に対して、

「裁判所から呼び出しがあり、今日行ってきたら、女性調査官の方が、裁判離婚という方法もあるから、考えてみたらどうかと言うの。この件については、無料相談の折、行政書士の河村さんからも聞いたが、その折失踪宣告の申立の方がよいと言われたの、どちらの方法をとったらいいのかしら、父さんはどう思う」

「そうだね、これは難しい問題だなあー。というのは、どちらの方法が良いかは一概に言えないと思うよ。失踪宣告という方法は、法律上隆司君が死亡したものとみなす、という効果が発生するという意味では、大変大きな法的効果が発生するもんだからな。これに反して裁判離婚は、お前と隆司君との関係だけが清算されるということになる。だが隆司君が、彼の実家の中島という名字から東田に変わったのには、二つの法律上の意味があるんだよ。つまり一つはお前との結婚、もう一つは養父母としての、私達夫婦との養子縁組問題だ。調査官の言う裁判離婚という方法によって離婚しても、隆司君は未だ私達の養子であることには変わりないということである。だから私達は、その養親子関係を絶つためには、裁判離婚じゃなくて、更にまた裁判離縁という方法

をとらなければならないのだよ。表現は悪いが、まあ言わば、二度手間ということになる。これに対して失踪宣告の場合であれば、一度に解決出来ることになるんだ。だがこの失踪宣告にも問題があるんだ。失踪宣告は、隆司君を死亡したものとみなすので、その相続問題が発生するんだ。この相続では、常に積極財産を相続するとは限らない。つまり隆司君の借金を、相続しなければならない場合もある。そうなれば、その借金をお前達親子が一番最初に背負い込むことになるんだ」

「え！　この上未だ私達が借金を背負い込むことになるの？」

「だから失踪宣告が下りたら、家庭裁判所に申立をして、相続順位に従いお前達親子や私達は、相続放棄の手続きをしておけばいいんだよ。この場合最終的にはお前の二人の姉も相続放棄をしておく必要があるんだ。隆司君とは姉弟の関係になるからな。だが隆司君が大きな財産を残している場合には、総て彼の兄さん等が相続することになるんだが」

「そんな財産なんか一円だって要らないわよ」

「離婚の場合だったらお前と隆司君との関係を清算するのだから、夫婦間ではそんな問題は起こらないが、私等夫婦の養親子関係が残るし、また芳江や智子は隆司君との間には自然血族としての親子関係があるので相続問題は避けられず、いろいろ考えた場合に、父さんは失踪宣告の中立の方がよいと思うのだが」

「そう、行政書士の先生もお父さんと同じように、貴女の場合ならば、失踪宣告中立の方がよいと言ってらっしゃったわ。でも父さんは何でもよく知っているのね。感心するわ」

「いやこれはお前が裁判所へ申立書を出してから、市の図書館へ行って、一生懸命に勉強したんだよ」

「へーそうだったの。其処まで父さんに御迷惑をかけているとは知らなかったわ。御免ね」

　と言いながら、家族には何も言わず、何時の間に勉強したのか、父が家族を守るための必死の思いを見るような気がして、理恵の胸には熱いものが込み上げてくるのであった。

十、変身

　裁判所に申立書を提出してから、理恵は生活に張りが出来たのか、小さな病院の受付係として、如何にも楽しそうに働いていた。本来が明るい性格の彼女は、通院してくる老人や子供に好かれて、それが彼女の生活に対する自信ともなっていた。二人の娘も、祖母から理恵が失踪宣告の申立書を、家裁に提出したことを知らされ、その決断を喜んでいた。或る日、姉娘の芳江はそれを歓迎する意味で、

「母さんこの頃楽しそうね。ほんとに後ろ姿を見ていると若々しくて、とても四十代後半の女性には見えないわよ」

「そう、そうすると、前から見れば年相応と言うことなのかしら」

「母さん絡むのね。何もそんな意味で言ったわけじゃないわよ」

「そうかしら、母さんにはなんだかそのように聞こえたのだけど」

「母さんも、なかなか意地悪い話し振りになったわね」

「そうかしら、私は思った通り、率直に言ってるつもりなんだけど」

　その時姉との話を聞いていた妹の智子がやって来て、

「母さんほんとよ、姉さんが言うように若返ったわよ。この間、母さんと一緒にスーパーへ買い物に行ったでしょ。あの時入り口で会ったのが、私の高校時代の同級生杉《すぎ》村《むら》君という人なの、その友人が言うには、あれ君の姉さんかと聞くもんだから、それを否定すんの面倒臭かったので、うんそうよと言っておいたんだけど」

それを聞いた理恵は、二人の娘を優しく睨み付けながら、

「二人して私をからかって、今に見ていなさい」

二人の娘は声を揃えて、

「おおこわ」

と言って笑い転げるのであった。このように母娘の三人が揃って、笑い転げるのは何年振りだろうかと思っている時、芳江は突然言い出した。

「ところで、今日お祖父ちゃまとお祖母ちゃまが、二人揃って、朝早くから何処へお出かけになったの」

「お二人は、祥司《しょうじ》伯父さんのところへ行ってらっしゃるわ。何かお孫さんのことで、相談したいとの電話があったらしいの。多分喜代子《きよこ》さんの縁談のことじゃないかしら」

と理恵が言うと、

「ええ、喜代子さん結婚するの」

「未だはっきりした話ではないの。その相談をお祖父ちゃま等にされるのじゃないか

しら」

「そう、それはお目出度い話だわね」

「貴方等にもそんな話、間もなく出てくるのと違うの？　よく聞き合わせして、私みたいな結婚はしないことね」

　それを聞いた智子は、

「その話は止そうよ。我が家のタブーなんだから」

　と言うと、理恵はあっさりと、

「そうね、止しましょうこんな話。ところで今日は日曜日、貴方達は何処かへ出掛ける予定あるの」

　それに対し芳江は、

「午後からちょっと、同じ学校の村上《むらかみ》先生という方と約束しているの」

　それを聞いた智子は、

「村上先生って異性の方？」

「いいえ残念だけど、同性の方なの」

「ああそうなの」

「変な想像しないでね」

「そういう意味ではなく、何となくね。変なこと言っちゃって御免ね」

といって智子は戯《おど》けて見せたので、三人は大声で笑い合うのであった。それは一家が実に長いトンネルからやっと抜け出た平和な、実によく晴れた春日の朝だった。

理恵が堺の家庭裁判所に、失踪宣告の申立をしてから、九ヶ月ほど経った或る日、家裁から一通の封書が届いた。和代がそれを受け取り、理恵が勤務先から帰るのを待ちかねて開封してみると、東田隆司を失踪者とするとの審判書であった。やっとの思いで望みが叶ったその書類を、感慨深げに、理恵は胸に押し当てながら、私はこれで精神的にも自由になれるんだわと思うと、なんだか目頭が熱くなるように思えるのだった。その感慨無量の思いを家族に伝えると、家族全員は心からの喜びと共に、今日までの理恵の苦労に心より労りの言葉をかけるのであった。だがその喜びは、不思議にも、家族にとっては、二人の娘がそれぞれ入学試験の合格通知を受け取った、あの小躍りするような喜びとは全く異質のものであった。あれほど待ち望んでいた理恵自身の心も、極めて冷静さを保ち、それから二週間を経過して、審判が確定したので、裁判所に出向いて確定証明書を受け取り、市の戸籍課に届出をしてから、ああこれで隆司は、法律上死亡したものとして取り扱われるのだわと、なんだか喜びと交互に寂寞感が去来し、市役所の庁舎を出ると、理恵はふとあの世話になった行政書士の河村を思い起こし、そうだわ一度先生にお礼旁々、父と相談していた相続放棄の手続きを教えて戴こうと思って、前に聞いていた、河村の事務所に出向いたのである。こぢんまりした事務所には、入り口まで本や書類が雑然と並べられ、その横にある事務机の椅子を事務員に勧められ、丁度来客が一人あったので暫く待っていると、客を送り出した河村は、

「やーお待たせ致しました。例の件どうなったかと案じておりましたが」

「その節は、大変御世話になり有難う御座いました。御陰様で、やっと無事に終わりましたので、本日はそのお礼旁々、相続放棄の件で教えていただこうと存じました」

「というと、失踪宣告については、家裁の宣告が出たわけですね」

「はい、もう確定証明まで戴いて、市の戸籍課に行って参りましたの」

「あそうですか、それはよかったですね。随分悩んで居られたようだから、こんなことを言えば不謹慎かもしれませんが、肩の荷が幾分下りたでしょう」

「はい、御陰様で、大袈裟かもしれませんが、精神的に解放されたように感じております。その御礼に参上しましたの。これほんのお口汚しですが」

　とそっと手土産を差し出し、

「先生のお陰で、長い悩みから解放されて、ほんとに御礼の申しようもありません。後になりましたが、せめて相談料をと存じまして」

「そのようなお気遣いは全くご無用と存じ下さい。あれは当方としては、あくまで無料相談として行っているものなんですから」

と河村は強く辞退したが、あまり理恵が強く言うので、

「じゃ折角の御厚意、この手土産の方を頂戴しておきます。お心遣い有難う御座います」

「そうですか、ところで先生、お忙しいのに申し訳ありませんが、先ほどちょっと申し上げていた、相続放棄についてお尋ねしていいでしょうか」

「いいですよ」

「父が言うには、失踪宣告があれば、次に相続放棄をしておかなければならんというのですが」

「そうですね、お父さんのおっしゃる通りです。よく御存知ですね貴女のお父さんは。もうお聞きになっているかもしれませんが、失踪宣告を受けたものは、死亡者とみなされますので、相続が発生するということになるんです。その場合、その人に借金があったような場合には、その相続人は借金を相続することになるのです。だからその借金を相続しない為には、相続放棄をしておかなければならないのです。この相続放棄については、民法上相続開始があったことを知った時から、三ヶ月以内に放棄すべきことになっておりますが、これは熟慮期間と言って、放棄するかどうか、よく考えてからせよということですが、若し放棄しますと、失踪者が借金を残すんではなく、逆に積極財産を残しているような場合にも、貴女や貴女のお子さんはそれを相続出来

なくなりますが」

「仮令巨万の富を残していても、相続するつもりはありませんわ」

「そうですか、兎に角この相続放棄をしておけば、相続人は借金を負担する義務がなくなりますが、この相続放棄も、家裁で相続放棄申述書という用紙を貰い、放棄する各人が記載することになるわけですが、この記載事項は極めて簡単で、特に注意すべきは、如何なる理由で相続放棄するかということでしょうが、貴女の場合は、失踪者の債務の存否不明ということになるでしょうか。相続開始の日は、この場合、失踪宣告が確定した日ということになるでしょう。この場合の添付書類も、前と同じように、各申述人及び被相続人、つまり相続人等と失踪宣告を受けた人の戸籍謄本が必要となります。費用は収入印紙八百円予納切手四、五百円程度でしょうか。この申立の受理は一ヶ月も経たないと思いますが、それまでに、家裁がその相続放棄を受理すべきかどうかの参考資料にするため、裁判所から照会書が送られてくると思います。それに記入して裁判所に送り返し、その後に申立受理通知書が家裁より送られてきますが、これによって相続放棄が認められたということになるのです」

　理恵は、それらを聞きながら、小さな手帳に一生懸命にメモをとっているのであった。

「次に問題となるのは、貴女達親子の相続放棄が認められると、法定相続権が貴女の御両親に移行します。これは養子縁組によって、貴女の御両親は第二順位の相続者となられているからです。若しサラ金業者などから、貴女の御主人がお金を借りているような場合には、第二第三の法定相続人に請求してくるような場合が考えられるからです。従って第三順位の姉さん方も、御両親の相続放棄が受理されてから、放棄しておかれる方がよいのではないかと思いますが、自分で申立すれば費用もしれているとだし、この場合問題となるのは、貴女と隆司さんは、夫婦であると同時に、法律上の関係は兄弟姉妹でもあるので、貴女が第一順位の配偶者として相続放棄しても、更に兄弟姉妹の関係があるという所謂、二重資格を持っていることになるので、私は第三順位として、相続放棄しておく方が安心だと思いますが。この点二重資格を有する場合、先順位者として相続放棄すれば後順位者としての相続放棄をする必要があるかどうか家裁で確認して下さい」

「難しいのですね」

「誠に迂遠なことですが、考え方が分かれていて、実務上では、先順位で相続放棄すれば、それは後順位も含むという立場をとっていたと思うのですが、この点、確と家裁で確かめて下さい、以上のようなことを念頭に置いて相続放棄をなさって下さい。大体注意すべきことはこのような点でしょうか」

「どうも長い間有難う御座いました。帰宅後もう一度よく理解して、先生の御指示通り、早速裁判所の方へ行って参ります。ところで今日は、特別に相談にのって戴いたので、相談料是非おっしゃって下さい」

「相談料？　これは無料相談の延長です。そんな気遣いは要りませんよ。これ頂戴しておきますから」

と手土産を持ち上げるのだった。

「いくら何でもそれではあんまり」

「何時かまた行政書士に出来ることがありましたら、大きく儲けさせて戴きます」

と言って笑うのであった。理恵は困ったような顔をしていたが、河村の笑いに誘われて、

「それではお言葉に甘えまして、すべてが終わりましたら、改めて父と共に伺います」

と河村の優しさに恐縮しながら、事務所を後にするのであった。

理恵は、失踪宣告に決着がついたので、自然と自分の行動に自信が出来たのか、今度は河村から聞いて、その三日後に、娘と相談の上、相続放棄のため娘等と共に家裁に出向き、第一順位の相続人として、二人の娘共々その手続きをとったのである。最近の理恵は、最早気の弱いあの娘時代と比較して、環境により全く豹変したかのように、逞しくなったのである。二人の娘も、この矢継ぎ早に、物事を処理していこうと

する母親に対し、ある種の心強ささえ感じるのであった。裁判所に必要書類を提出した三人は、その瀟洒な近代的庁舎を出ると、なんだかほっとしたような、開放的な気分になって理恵は娘等に、

「何処か喫茶店でも入って、お茶でも飲んでいかない？　それとも、もうそんな時間もないかしら、午後の授業があるので」

「そうねー喫茶店に行ってる時間はないわね。今からだと午後の授業には、十分間に合うわ」

「智子はどうなの」

「私の方だって、今からじゃ午後の授業にはなんとか間に合うわよ。それにしても、つくづく思うの。母さんも昔と随分変わったわね。今やあの気の弱い浪花節の世界から脱却して、現代的な感覚をもって、テキパキ物事を処理していく姿を見ていると頼もしいわね」

「それどういう意味なの。以前の私浪花節みたいだった？」

「そうよ、気が弱くとても人情もろいところがあったよ。昔の母さんなら、とてもこんな失踪宣告や、相続放棄の問題には、グズグズ考え込んで、なかなか決断しなかったのじゃないかしら。それに引き替え、今の母さんはと思ってね。姉さんどう思う？」

「まったく同感だわねー。今の母さんは大躍進よ。こんなにテキパキやるのは、昔の

母さんからは想像も出来ないわね。どんな方か知らんけど、あの行政書士の先生に、可成り触発されたのね」

「そうかもしれないわね。母さんには男兄弟がいないので、いろいろ教えて戴いているうちに、なんだか兄さんのように思えてね」

その理恵の言葉に、智子は驚いたように、

「母さんそれ恋の始まりじゃない」

「馬鹿言いなさい。先生が迷惑されるわよ。兎に角芳江が言うように、河村先生の言葉に触発されたことは事実だわ。それもあるけど、病院にお勤めするようになってから、女性看護婦さんのテキパキした行動をみていると、特に外科担当の看護師さんを見ていると、それが自然に身についてきたのかもしれないわね」

「そうね看護婦さんも、教師と同様ぼんやりしている暇なんかないわね。ところで母さん、もうそろそろ学校の方へ行かなきゃならんの。御免ね」

「私も此処で姉さんと一緒に別れるわ。じゃ気をつけてね」

「あ、そう、じゃあ貴女達も気をつけてね」

三人は、堺東駅前で別れたのである。その頃自宅でも、偶然同じような話を、健太郎と和代との間で交わされていたのである。

「母さん、変われば変わるもんだな。あの理恵が、あそこまで変わるとはなー。一緒に住んでいる俺ですら、最近の理恵には吃驚するぐらいだよ。病院勤務も、なかなか受けがよいようだし、家の方も、殆ど切り回しているしな」

「ええ、そうですよ。私も随分助かりますわ。最近の理恵は、流石にお父さんの娘だけのことはありますわよ。小さい時は、小児喘息で困って、成長してからも、ふたりの姉娘と比較して、なんだか弱々しく思っていましたのに、いろんなことが試練になって、今ではいざという時には、あのテキパキした処理に、私だって驚かされましたわ。でもねえ、姉の尚子や、雅美の平穏な家庭生活を見ていると、なんだか可哀想な気もしますがねえ」

「でも思いようだよ。理恵のふたりの娘は、誰に似たのか、不思議にもしっかりしとるから理恵も安心だよ」

「ほんと、誰に似たんでしょうかねー。頭もよいし、隆司さんは駄目なのにね」

「でもな、現実の彼は駄目でも、遺伝学的な細胞は優秀なのかもしれんよ」

と言って、健太郎は大声で笑うのであった。やっと落ち着きを取り戻した、平和な家庭内で、窓越しに差し込む、柔らかな初春の陽光を全身に浴びながら、老夫婦の追想は、果てることを知らないのである。

「お父さんが大病で倒れ、其処へ隆司さんの家出と、理恵の悲嘆にくれた姿を見ながらの生活は、今から思うと、本当に大変でしたわ」

「そうだっただろうなあ。俺は入院して大分経ってから知ったのだが、お前には、本当に苦労をかけたと思っている。今から考えると、よく辛抱してくれたと思うよ。普通の女性じゃとても辛抱出来ず、つい愚痴の一つや二つ俺は聞かされていたかもしれんな」

「それは大変お褒めに与って嬉しいわ。でもその当時、私も必死でしたわ。私が弱みを見せれば、父さんの居ない家の中が、引っ繰り返ってしまいますからね」

「これでなんとか落ち着いたことだし、一度ゆっくり家族旅行でもしようか。一泊だっていいじゃないか、兎に角俗世間のことは何も考えず、この平和な時を、そのまま一時的にでも持続させるような機会を作ろうじゃないか」

「そうですね。孫の芳江や智子が学校休みの取れる日を考えてみましょう」

老いた二人は、どうにか取り戻したこの平和な時を、如何にも慈しむように、家族全員で改めてこれを確認したいと思うのであった。

十一、決別

隆司は、ブルーシート部落のインテリーおっさんの勧めに従って、自分をもう一度過去の想い出が色濃く残る俗世間の空気に、晒してみようと決意したのである。勿論これは、現在の孤独な隆司の、浮き世に対する未練から来るものでもあったが、隆司もそれほど馬鹿でもないので、自分が不倫のために失踪した東田家が、再び自分のような者を受け入れるはずもないことは百も承知しながらも、それは隆司特有の性《さが》なのか、或いは人間共通の煩悩なのか、なおも心の片隅で、自己愛的弁明を試みようとするのである。確かに一般世間からみれば、平穏でなんの不満もない家庭を捨て、養親の不動産を担保に借りた金を持ち出し、不倫に走った背徳者には違いないのだが、第三者から見れば、幸福そうな家庭内部にあって、自分自身は長い間非常に孤独で、窮屈な思いで居たことは事実なんだ。自分はその息苦しい環境に、耐えられなくなったのだ。このような時、微かな悪の囁きに乗り、其処から解放され、肩の凝らない愛を求めて逃げ出したのであった。その結果が、当に因果応報とも言うべき今の姿なのだ。これは誰が考えても当然と言うべき結末なのだ。

　だが自分も既に五十三歳、いっそのこと、死を選ぶ方が楽な気もするのだが、だが人間とは不思議にも、その思いとは逆の行動をとる場合もあるものだ。それは死に対する恐怖か、生に対する未練なのか。そのどちらとも判断出来ない自己矛盾を抱えて、なお生き恥を晒しながら、今自分はブルーシート部落の、尊敬すべきおっさんの言葉に従い、決定的な試練を試みようとしているのである。その方法は、究極の軽蔑を一身に受けることであり、この方法こそが、今まで全く主体性のなかった俺に、初めて死を決定づけることになるのか、それともまた、孤独に徹し生き続ける意思を発見することが出来るかのどちらかだと考え、隆司はその起こるべき現実が分かっていながらも、敢えて自らの意思決定を確認するために、妻と二人の娘に会うことにしたのである。勿論落ちぶれた醜態を、諸にさらけ出す勇気とてないが、もし何か困っていることがあれば、罪滅ぼしのため命に代えてでも助ける覚悟をもって、これにより夫面や父面を晒すつもりは毛頭考えず、逆に養家東田一家の幸福な姿を見た時こそ、それは自らが蒔いた極限の屈辱となって跳ね返ってこよう。その反発こそが、今の自分の生か死を決定付ける唯一の方法となろう。隆司はこのような思いから、ある日突然かっての養子先へ行って東田家の門前に立つことを思い立ち、近鉄南大阪線に乗って富田林駅で下車し其処からバスで東田家の近くまでやって来たのである。そこで遠くからでもよいから、家族の誰かに出会い、衝撃を受けることこそが、俗世間決別の唯一対症療法であると信じて、二、三時間待ってみたが、その日は誰にも会うことが出来ず、やむを得ず、そのまま大川端のブルーシート部落に帰ってきた。その時隣のおっさんは、心配そうな顔付きで声をかけるのだった。

「どうだったな」

「いいや今日は駄目でした。明日また行こうと思っています」

と言葉少なく答えて、緊張感から解放された後の虚脱した結果か、一坪余のダンボール畳の上に、大の字になって寝転がった。此処だけが、今の隆司にとっては、全く遠慮の要らない天地なのである。隣のおっさんも、疲れた隆司の姿を見て、気を利かせてそのまま休ませておく方がよいと考えたのか、直ぐに自分の小屋に首を引っ込めたのである。一晩寝た隆司は、何故か翌日は、東田家の方には行かずに、缶拾いに出掛けるのであった。一日汗を流して拾い回っても、それを売ったお金は、ほんの僅かであり、妻と娘に会う場所への交通費に消えてしまうのであるが、今の隆司にとっては、何故かそれが嬉しくて堪らず、彼には未だどうにか食いつなぐ金なら、銀行にも多少の預金があり、日頃の小遣銭なら、地下金庫に保管されているのだ。尤も地下金庫と言っても、それは資源ゴミの中から、後生大事に拾い出した大きな砂糖缶なのである。その中には、硬貨ばかりで、少なくとも十二、三万は入っていようから、それだけあれば此処ではブルジョア階級なのである。その地下金庫はこの小屋を建てる時に、傾斜面を掘り込みその穴をプラスチック板や廃材を組み合わせて、雨水の流入を防ぎ、その砂糖缶をビニールで包んで、その穴に保管しているのだ。それはまさかの時の、軍資金として蓄えてきたものだ。然しこのような金と、缶拾いで稼いだ金とは、今の隆司にとっては、全く異質のものに思えるのである。今隆司にとり唯一の希望は、陰ながら妻と娘に会うということであり、その再会がどのように惨めなものであったにしても、否惨めであればあるほど、自己の運命を決定付ける唯一の対症療法となるものと信じているのである。だがそれは同時に、東田家には決して迷惑をかけないよう細心の注意を払うことが条件になるのだった。このように考えた隆司は、祈る思いで空き缶やダンボールを集めて日銭を稼ぎ、その僅かな金を妻と娘に会うために使うことに意義があると信じ、その目的を達した時どうなるかは考えたくないのである。だが繰り返し思い浮かぶのは、その結果が既に分かっていながら敢えてその確認のために決行しようとしていることだ。つまりそれは妻や娘を含めた俗世間との永劫の別れになることが、彼の意識の中では殆ど確定しているのだった。だがこのような方法でもとらない限り、未だに隆司には死か生かの決断が付かないのである。

殊勝にも隆司が、このような途轍もない決断をしている時、皮肉なことに、妻理恵の申立により、家庭裁判所は隆司に対する失踪宣告の言い渡しをし、戸籍上彼は既に死亡者として取り扱われていたのである。彼自身は勿論、このような申立を知る由もなく、またこのような制度の存在すら知らないであろう。

この彼にとり、極めて異常といえる空き缶やダンボール拾いの行動が数ヶ月続いた後、再び富田林詣でを開始した。家出当初の彼は、どちらかと言えば、筋肉質の長身痩躯のスマートな体躯であったが、放浪生活により今ではその姿もすっかり変わり、体も太り頭髪もめっきり白髪が増え、風呂に入る機会もなく専ら公園の水飲み場での水浴び暮らしで、皮膚も弛みかさかさしていて、顔一面が深い皺で刻まれて、それが実年齢より遥かに老けて見え、その風貌からはどう見ても胡散臭く見えるのであった。今日もまた東田家の門内にチラッと横目を走らせながら、家の前を通りかかった途端、樹幹を通してパッと向こう側の人と目があったので、ドキッとしたが、それは一瞬のことで、その人が女性であることは、枝葉の隙間を通して見えた服の色から分かったのだが、果たしてそれが誰なのか、についての判別はつかなかった。相手の方も、瞬間的に門前を、誰かが通り過ぎたぐらいにしか気付いていなかったであろう。だが隆司は、ただそれだけのことで動悸が収まらず、素早く門前から立ち去って思うのだった。人通りの多い都会ならいざ知らず、この人通りの少ない田舎道を、誰に気付かれることもなく、再び引き返すのは、とても容易なことではないと思い、失意のうちに大回りして別の道を通って帰路についたのである。

隆司は帰宅後も、あの一瞬のドキッとした心の衝撃が未だ脳裡から消えず、二畳六尺のブルーシートハウスの中でさえ、何となく大の字になって寝転ぶ気分にもなれず、虚ろな目で天井の一角を見詰めていた。だがその時の衝撃を頭に浮かべながら考えているうちに、その女性は、東田家の女性ではないように思えてきたのである。今思えば、こちらからはその姿は植木越しではっきり見えなかったにしても、向こう側からは見えるはずであり、仮令俺の風貌が昔と変わっていても、若し家人であれば、その瞬間何か気付くのではなかろうかと、勝手な想像をするのであった。それから暫くの間はなんだか気が抜けたように思え、直ぐに行動を起こす気にもなれず、悶々としてまた三ヶ月が経過した後の、あるよく晴れた春の日の休日、何かに惹かれる思いで、急に妻や娘に会いたいという衝動にかられて、例の如く阿部野橋より近鉄長野線に乗り、富田林駅で降りて、何時も通り駅前のロータリーからバスに乗り込んだ途端、何故か隆司の胸は不思議なことに、恰も初恋の乙女に会いに行く青年のように、胸中早鐘が打ち出したのである。車中では知り合いに出会わないかと、戦々恐々の思いで、俯き加減に周囲をキョロキョロ見回して思いついたのは、もしも目的地の駅で降りると、突然知人に出会った場合に、隠れようがないと考え、用心のため一つ手前の駅で降りたのだが、それは単なる杞憂に過ぎなかった。照りつける晩春の舗装道路を歩いて、やがて目的地である東田家に近づくにつれ、既に五十路を越えたこの俺が、一体これはどうしたのだと思いながら、ドキドキと胸に波を打たせて、東田家から百メートルあまり手前までやって来ると、頭の中は、理恵や娘に会いたいという思いと、会えばそれが俗世間に対する絶望に繋がるという、実に矛盾した思いが交錯する心の葛藤に耐えながら、丁度十数メートルあまり手前まで近づいた時、不意に東田家の門から誰かが出てくるのである。咄嗟のことで、一瞬ひゃっとして他家の塀沿いに身を潜め、こっそりと道の向こう側を通り抜けようとする女性のスーツ姿を見て、若い、いや妻理恵にしては若過ぎるのだ。娘のどちらかか？　否違う理恵だ。理恵に違いないのだ。どうしてあんなに若いのだ。俺があまり老け過ぎているのか。俺に併せて理恵を見ようとしているからなのか、その潑剌とした若さに圧倒されるのであった。美しい実に若いと、自分の顔が引きつるのを感じている間にも、その姿は、さっとすれ違ったかと思うと徐徐に視界から遠退いていくのであった。然し相手は俺の存在など一顧だにせず、強い日差しを避けるため、青い日傘を傾け加減に恰もシルエットの如く俺の視界から去って行った。どうして彼女は、俺の存在に気付かないのか、俺を侮蔑の目差しで眺めてくれてもよいのだ。いや俺は相手に知れることなく此処に羞恥の極限を味わうために来てるんだからこれでいいのだが、然し今の俺は、彼女の視界の対象にすらされないのかと思いながら、遠ざかる理恵の後ろ姿を恨めしげに見送っていると、再び東田家の門前に大きな笑い声が起こった。振り返ってみると、二人の若い女性と老紳士が出てきた。それは紛れもなく養父健太郎であり、その両側の娘は、芳江と智子であるが、然し育ち盛りの十年余の歳月の経過は、我が娘ながら全くその区別がつかないのである。すれ違う振りをして、横目で見たがやはり背丈も同じようで、父親の自分にすら全く二人を見分けることが出来ないのである。

三人は俺の存在など全く眼中になく、楽しそうな笑い声を立てながら、先に行った理恵を追いかけるように、真ん中の健太郎を庇いながら、比較的ゆっくりした足取りで、僅か七、八メートル離れた道路の向こう側を通り過ぎて行ったのである。最後に門から出てきたのは、やや毛髪の白く光った義母の和代であった。和代は急ぎ足で、チラッと隆司の方を見たように感じたが、そのまま前の三人を追いかけるように隆司の前を足早に通り過ぎて行って。一家揃ってこれから旅行にでも行くのであろうか。隆司はその一連の光景を見ると、突然堪らない孤独感に襲われ、おーい俺も家族の一員だったんだぞー、と叫びたいような衝動にすらかられ、その思いを必死に抑えながら、これこそがブルーシート部落のおっさんが教えてくれた、極限の屈辱と孤独感かと思いながら、これが自業自得の結末とはいえ、その衝撃があまりにも大きく、心の動揺を鎮めるために、暫くその場に立ち尽くし、呆然と天を仰ぎながら思うのだった。そうだこの絶望感こそが俺の死か生を決定づける最後の手段であったのだと考え、隆司は夢遊病者のように歩き出したのだ。何処でどのように電車に乗ったのかも意識せず、漸く夜遅くなってからブルーシート部落に帰り着いたのである。隆司は自分の小屋に入るなり、ぶっ倒れるように、畳代わりのダンボールの上に身体を投げ出すと同時に、天井の青いシートの一点をジッと見詰めながら、この思いこそ、隣のおっさんが俺に教えた、過去を断ち切る方法なのかと呟きつつ、まんじりともせずに一夜を明かし、考え続けた末隆司は、今俺に残されている方法は三つある。先ず第一は死だ！それは今の俺には簡単だ。然し遅かれ早かれ、死というものは誰にでも間違いなくやって来るもんだ。今笑っている奴も、泣いている者にも、また勝者にも敗者にも必ず平等にやってくる人生の結末だ、とすれば慌てる必要もない。次に生をとる場合の一つは、此処に留まるべきか、また俗世間から遠く離れて、なお夢のために生きるべきか。隆司は結局この後者を選んだのであった、それは、誰にも頼らず気も使わず、一切の邪念を捨てて、自然の侭に生きること、このように決心した隆司は、翌朝から静かに身の回りの整理に取りかかった。先ず地下金庫から金を取り出し手軽な紙幣に両替して、銀行から僅かな預金を引き出し、手持ちの生活用品の処分は、全て隣のおっさんに頼み、ただ後生大事に、大工道具だけは抱きかかえて、別れを告げたのである。一切のことを察した隣のおっさんは、何も言わずに涙を浮かべ、恰も自分自身をも諭すかのように、二度三度と頷きながら、そっと手を差し伸べるのであった。隆司はその手をしっかりと握り返し、相手のおっさんの顔をジッと見詰めながら、ただ一言有難う御座いましたと、涙の伝わる頬に微かな笑みを宿しながら、別れの挨拶を交わすのであった。その後暫く名残惜しそうに無言でおっさんの顔を見詰めていたが、突如深々と一礼すると、関西空港に急ぐのであった。本土の土は二度と踏むこともあるまいと心に誓い、過去の総てと決別し、ただ微かに心の中に点滅する一条の光明を求めて機上の人となった。初夏の空には薄い入道雲が静かに南西に流れていた。

終わり

著者プロフィール
泉 志郎（いずみ しろう）
作家。1929年生まれ。
近畿大学法学部二部卒業、裁判所事務官・書記として大阪地裁に勤務。その後、小学校教員を経て、行政書士兼専門学校講師。
NPO法人研志会理事。
著作『天寿全うの士』（文芸社　2021年）・『波瀾の天業』（文芸社　2018）・『華麗なる死』（文芸社　2014）・『迷妄の医師』（文芸社　2008）・『羅刹に見放された男』（新風舎　2005）

背信の結末

2023年７月15日　初版第１刷発行

著　者　泉 志郎
発行者　瓜谷 綱延
発行所　株式会社文芸社
〒160-0022　東京都新宿区新宿1－10－1
電話　03-5369-3060（代表）
03-5369-2299（販売）

印　刷　株式会社文芸社
製本所　株式会社MOTOMURA

ISBN978-4-286-24234-7